文春文庫

パナマ運河の殺人

平岩弓枝

文藝春秋

目次

パナマ運河の殺人

第一章　再会

日比谷にある大手旅行代理店の会議室は、煙草の煙とコーヒーの匂いが充満していた。

すでに、今日の会議の要旨は、鶴賀百貨店の旅行部へ出向している田中良明から、三十分近くかけて説明されていた。

「しかし、鶴賀デパートさんも、次々とでっかいイベントを思いつくもんだな」

営業部長の大久保が口を切った。

「一昨年、ロスアンゼルスに支店をオープンさせた時だって、ジャンボ機一杯の招待客を日本から運んでお祭さわぎをやらかしたばかりじゃないか。船一艘、買い切るほどのツアーの客を、どうやって集めるつもりなんだ」

田中が皺だらけのハンカチーフで汗を拭いた。

「それは多分、一昨年の時と同じで、やはり、業者サイドを動員するんじゃありませんか」

デパートに商品を納めている業者に人数を割り当てるという意味であった。

「大丈夫かね。この節は、デパートの押しつけ商法が、だいぶ、マスコミに叩かれているが……」

「ですが……鶴賀さんのところは社長が強気ですし、派手好きなことは、業者も知っていますから……」

「まあ、他人様の事情はどうでもいいが、これだけの大キャンペーンのツアーに添乗でついて行く者は、そろそろ決めておかないといけないな」

コンダクター課の石田が口をはさんだ。

「準備も大変だし、鶴賀さんの社長一族もお出かけとなると、お世話は容易じゃないぞ。なにせ、文句をつけるのが趣味みたいな御一行様だからね」

田中が眼鏡をはずして、大きくうなずいた。

「僕も、それを心配しています」

鶴賀百貨店の社長は関原英四といい、その夫人の真理子が、鶴賀百貨店の創始者である浅野善太郎の孫に当る。

つまり、二代目社長、浅野善次の一人娘が三代目社長の夫人なのだが、彼女と彼女の母親が大層な旅行好きであった。

他の百貨店に先がけて、デパートが旅行を商品として売るようにしたのも、彼女達の提案がきっかけだったといわれている。

そんなくらいだから、自分達もよくプライベートに外国へ出かけるのだが、その手のかかること、我儘なことでは、ワーストワンといわれるほどで、担当者は年中、首のすげかえをされたあげく円型脱毛症にかかるか、神経性胃炎で寿命をちぢめるか、まずろくなことにならない。

「一昨年のロス・キャンペーンでは三人がダウンしてますからね」

石田課長の隣にすわっていた三木勝枝が歎息した。

といって、鶴賀百貨店はこの旅行社にとっては、上得意先であった。

二時間ばかりで会議は終った。

会議室からコンダクター課へ戻りながら、石田が三木勝枝に相談した。

「下のほうにつける人選はあと廻しにして、チーフコンダクターには、誰をやるかね」

「社長夫人のお気に入りは、牧野蘭子さんなんですけどね」

「しかし、牧野君は、一昨年のロスのツアーが終った時、これで社長夫人のお供は最後にして欲しいと申し出ているんだよ」

「それは知っていますが……」

牧野蘭子は、コンダクター課のベテランであった。勤務年数も長く、彼女のファンともいうべき常連のお客を持っている。

牧野蘭子の企画したツアーなら、必ず参加するという客も少なくない。

語学力は抜群だし、人あたりがよく、第一に仕事熱心であった。三十をすぎて、まだ独身ということもあって、一年の大半をコンダクターとして旅に出ている。

「牧野さんは、真理子夫人だけではなく、夫人のお母様の仲枝夫人にも気に入られていますから、きっと、お名ざしがあるかも知れません」

「彼女が、もう一回だけ行ってくれれば助かるが、それにしても、もう一人チーフをつけなければなるまい」

「それは、牧野さんに相談しませんと……」

デスクへ戻って、石田課長は、まず牧野蘭子を呼んだ。

彼女はインドのツアーから戻って来たばかりで、報告書を書いていた。

女性にしては背の高いほうだが、大女という印象はない。

身長にくらべて顔が小さく、目鼻立ちがはっきりしていた。個性的な容貌である。

「実は、君にとってあまりいい話ではないんだが、例の鶴賀百貨店さんが、ロスアンゼルスの支店のオープン三周年を記念してイベントを企画したんだ。豪華客船をチャーターして、ロスからアカプルコ、パナマ運河を越えてフロリダのフォートローダーデイルまでのツアーで、船上でさまざまの催し物をするというのだが、その主任コンダクターを、まず二人決めなければならないことになった」

牧野蘭子は、デスクの前に立って、うつむいていた。

石田課長からみたところ、表情はやや固く、青ざめている。

これは、むずかしいかも知れないと思い、石田課長は憂鬱な気持になった。といって、今のところ、彼女以上の適任者はみつからない。

「正直なところ、君からは一昨年であちらさんのお供はやめたいといわれている。その気持もわからないわけではないが、知ってのとおり、鶴賀百貨店は我が社にとって、まことにけっこうなお得意さんだ。お得意さんの御機嫌(ごきげん)はなんとしてもとり結ばねばならないのが、我々のつらい立場なんだが……」

牧野蘭子が、そっと顔を上げた。

「あちらから、そのイベントに、私をとおっしゃっているのでしょうか」

「それは、まだ聞いてはいない。しかし、田中君の話だと、あちらは当然、君がついてくるものと思っているようだ」

「その点をたしかめて頂けませんか。もしも、私を御指名ならば……その時は、私も社員の一人として、当然、御辞退は出来ないと思います」

「行ってくれるか」

石田課長は、思わず声を大きくした。

「早速、あちらさんにうかがってみるが……ありがとう……本当にすまない。助かったよ、ありがとう……」

牧野蘭子は、かすかに苦笑した。

「そのかわりと申してはなんですが、私と一緒に、そのツアーの主任コンダクターをつとめて下さる方を、私が指名してはいけませんでしょうか」

「そりゃあ勿論(もちろん)、君に一任するよ。そのつもりでいたんだ」

二日後に、石田課長は、再び、牧野蘭子を呼んだ。

「田中君から報告が来た。社長夫人も、会長夫人も、勿論、君が添乗してくれることを強くのぞんでいる。というよりも、我々が考えたように、最初からそのつもりでいたようだ」

牧野蘭子が、二度と自分達の添乗はいやだと思っているとは、夢にも考えていない。

「そんなわけなので、まことにすまないが、もう一回だけ無理をしてもらいたいんだ」

なにしろ、大きなツアーであった。

少なくとも、五百人からの人数を船に乗せて、太平洋から大西洋までつれて行かなければならない。

豪華客船ともなると、なかなか厄介なことが多かろうと、石田はいったが、牧野蘭子はかぶりをふった。

「ツアーそのものは、大半が船の中ですから、そう厄介とは思いません。どうぞ御心配なく。それよりも、この前お願いした、私と一緒に主任をつとめてくれる人ですが……」

上杉さんでは如何でしょうか、といわれて、石田は少々、面喰った。

「上杉信吾かね」

「そうです」

「彼は、新参だが……」

大学を卒業後、アメリカに留学していて、この旅行社のニューヨーク支店でアルバイトをしていた青年であった。

ニューヨーク支店長の大川からの紹介で、正式にコンダクター課の社員になったのが昨年のことである。

「上杉さんには、この前のインド周遊の旅で、はじめて御一緒になりました」

人数がインドにしては珍しく八十人にもなったのは、或る仏教団体の企画ツアーだったからである。

コンダクターとしては牧野蘭子がつき、アシスタントとして上杉信吾が加えられた。

「とても、しっかりしていますし、若いのに忍耐強く、なにがあってもいやな顔をしませんでした。そういう人でないと、鶴賀百貨店のイベントツアーはつとまりません」

石田は承知した。

「それじゃ、上杉君に話してみよう」

インターホンで呼ばれて、上杉信吾が来た。

彼も背は高かった。

いわゆる美男タイプではなく、精悍な顔付きである。

「耳に入っていると思うが、来年五月に催される鶴賀百貨店のイベントのツアーに、君を牧野君が主任コンダクターのパートナーとして指名している。行ってくれるかね」

上杉はちょっと息を呑むようにしたが、すぐ、持ち前の茫洋とした表情に戻った。

「僕でよろしければ、アシスタントをつとめさせて頂きます」

「アシスタントではなく、私のパートナーです。しっかりやって下さい」

やや、きびしい調子で牧野蘭子がいい、上杉がにこりと笑った。

「わかりました。がんばります」

だが、廊下に出た時、上杉信吾の表情は変っていた。

コンダクター課へは戻らず、エレベーターで屋上に出る。

秋の深くなった東京の空は、よく晴れていて、屋上のフェンスのそばから見下ろすと、街路にはプラタナスが黄ばんでいた。

フェンスに背をむけて、上杉信吾は空の彼方をみつめた。

彼の瞼の中には、或る人の顔が浮んでいた。

なつかしい顔であった。

その顔に向って、上杉は心の中で呟いた。

「俺、鶴賀百貨店のイベントツアーのコンダクターに決ったよ」

そのツアーには、社長の関原英四や真理子夫人、先代社長夫人の浅野伸枝も主催者として参加することは、すでに知らされていた。

それを聞いた時、或る思いが彼の胸をかすめたものである。

しかし、自分がその添乗に選ばれるとは思ってもみなかった。

鶴賀百貨店のツアーのコンダクターは、ベテラン中のベテランが行くことになっていると聞いていたからである。

この旅行社に就職を決めたいくつかの理由の中に、鶴賀百貨店とのつながりがあった。

この社のコンダクター課に籍をおけば、やがて、鶴賀百貨店の浅野一族に近づくチャンスがあるかも知れない。

冬の空を仰いで、上杉信吾はほろ苦く笑ってみた。

少々、早すぎるじゃないか。

俺は、まだ二十九だ。


その会社は、大手の衣料品メーカーであった。

鶴賀百貨店にも、大量の衣料品を納入している。

長井美希子は、販売促進課でワープロを打っている。

彼女のむこう側で、社員の何人かが仕事を放り出して、その話に夢中になっていた。

鶴賀百貨店が来春、ロス支店のオープン三周年を祝って、豪華客船によるパナマ運河クルーズのイベントを企画したというニュースであった。

「今度は、どのくらい、割当てがくるんだろうな」

上司は、その心配をしているようであった。

「この前のロス店オープンの時と同じくらいでしょうかね」

「冗談じゃない。そんな人数、どうやって算段するんだ」

「豪華客船でパナマ運河を越えるとなると、一人、いくらぐらい、かかるんですか」

「船の部屋にもよるだろうが、平均、七、八十万、下手をすると百万だね」

「ロスまでの航空運賃もかかるわけですからね」

「会社からの補助も、今回はあまりあてに出来んと思うよ。なにしろ、ここの所、不景気だし……」

「大体、ロスの鶴賀百貨店なんて、うちにとっては、なんのメリットもないじゃないですか。円高で、メイド イン ジャパンはコスト高になって採算がとれないからと、鶴賀さんじゃ、もっぱら東南アジアの下請け工場の衣料品をロスへ運んで商売しているんですからね。本来なら、うちとは、なんの関係もないはずですよ」

「そりゃそうなんだが、日本国内じゃ、やっぱり、我が社の製品を売ってもらっている以上、強いことはいえないよ」

「いつまで続くんですかね、鶴賀さんの業者泣かせは……」

「鶴賀さんだけじゃない、どこも似たり寄ったりさ」

「ところで、そのパナマ運河クルーズのツアーに、うちから参加するとして、費用は全額、個人持ちですか」

「たてまえは、そうなるだろうな。せいぜい、二週間を有給休暇にしてもらえるくらいのことで……」

「百万なんて、払える奴、いるかな」

「専務は、若い女性にターゲットをしぼってみたらどうかといわれたよ。まあ、独身女性なら金も持っているだろうし、ロマンティックな船旅を経験してみたいという子もいるんじゃないかな」

いつの間にか、長井美希子はワープロの手を止めていた。

鶴賀百貨店がロス支店オープン三周年を記念して、豪華船ツアーのイベントを催す。

何人かの人の顔が、心に浮んだ。

船上では、長井美希子にとって雲の上のような身分の人々も、気軽く甲板を歩いたり、デッキでくつろいだりするだろう。

イベントと名がつくからには、おそらく、船のホールでダンスやショウなどの催しもあろう。そうした機会をとらえれば、あの人々に接近するのは容易に違いない。

「長井君……」

上司に呼ばれて、美希子は顔を上げた。

「君なんか、どうかね。豪華客船の旅なんてのは、恋人さがしには絶好だそうだよ」

美希子はかすかに微笑して、さりげなく訊ねた。

「鶴賀百貨店のイベントとなると、社長御夫妻もお乗りになるんですか」

「ああ、会長夫人に社長夫妻が同行なさるそうだ」

「さぞかし、すてきなドレスをお召しになるんでしょうね」

故意に美希子は吐息をついてみせた。

「上流社会の方々のドレスをみせて頂けるだけでも、すばらしいと思います」

男たちが笑った。

「成程、衣裳か。豪華客船となると男はタキシード、女はイヴニングドレスが必要なんだ。おどろいたな。ツアーの費用の他に、衣裳代もかかるんだ」

「冗談じゃない。そんな金があったら、住宅ローンへ廻すよ」

長井美希子は、黙ってワープロを続けた。

会社での一日の終りが近づくと、女子社員は、大方がトイレへ立った。延々と化粧に三十分以上もかける。ロッカールームは、それ以上の混雑であった。

週末ということもあって、デイトの約束のある者は、目一杯、着飾って退社して行く。

美希子は、そうしたさわぎが一段落してから、机をはなれることにしていた。

帰り支度といっても、事務用の上っぱりを脱いで、コートを着るだけであった。

二十代のOLたちが、給料の殆どを、服飾費にかけるというのに、美希子は、いつも似たような服を着ていた。

流行からすれば、明らかに過去の服、というよりも流行に無関係な平凡なスーツとブラウスが、彼女の通勤着である。

それも、紺とかグレイに決っていた。

けれども、彼女の服をよく見ると、古いが、布地などはかなり上質であることがよくわかった。

しっかりしたウールのスカートは皺になりにくかったし、丸首の単純なセーターがカシミアだったりする。

つまり、それらは、買った時、かなり高価であったに違いないが、長い歳月を経て、少々、くたびれているものばかりであった。

ということは、長井美希子が、ここ何年も服を新調していないためである。

着るものがおばんくさいというのは、社内で評判になっていた。

「まるで、お母さんか姉さんのお古を着ているみたい」

とかげぐちを叩く者もいる。

靴やハンドバッグも同様であった。

彼女が四季にかかわらず下げているバッグは、エルメスのケリーバッグの黒であった。

そのことに、社内の誰もが、最初は気づかなかった。

なにしろ、古すぎていたためである。

皮の表面は傷ついていたし、総体に古ぼけている。けれども、彼女はその一個のバッグを、丹念に手入れして使い続けているようであった。

若い女性は、いくら高価でも、古くなったバッグを毎日、持って歩くということをしなかった。

それなりに、流行を感じさせる、気のきいたバッグを三つや四つは持っていて、適当にとっかえひっかえ、気分を変えて使っている。

そうした中で、長井美希子は変り者にみえた。

化粧も、殆ど目立たない。

容貌は美人といえた。ただ、イメージが暗かった。

華やかな青春らしいものが、彼女にはなかった。

当然のことながら、社内では、もてるほうではない。

もっとも、地味は地味なりに、彼女に関心を持つ男性がいなかったわけではなく、時折、思い切って食事に誘ってみたり、日曜日のドライブの話を持ちかけたりすることがあった。

だが、必ず、彼女は断った。それも、木で鼻をくったような断り方だといわれた。

個人的なつき合いを拒絶するばかりでなく、長井美希子は、職場のサークルにも参加しなかった。

グループで、声をかけ合って食事や一杯飲むために出かけるような時も、彼女は行動を一緒にしなかった。

やがて、彼女を誘う者はなくなった。

「なにが面白くて、働いているのだろう」

と、彼女を評する者がいた。

一日を黙々と働いて、孤独に帰って行く。

その日も、長井美希子は、職場の誰に声をかけられることもなく、会社を出た。

地下鉄で二十分、明治神宮に近い住宅地の駅で下りる。

駅前の商店街は、そう大きなものではなかった。

そこへ寄って、美希子は自分のための夕食用に、僅(わず)かばかりの買い物をした。

路地を抜け、代々木公園のふちへ出る。

地下鉄の駅は、こちら側にもあったが、商店がないので、美希子は、いつも反対側へ下りて、遠廻りをしてこっちへ戻ってくる。

参宮橋の方角へ少し行ってから、踏切りを渡った。

彼女が入って行ったのは、一軒の家であった。

敷地は百坪（つぼ）くらい、家は木造で、長年の風雨にさらされて軒（のき）が傾きそうになっている。

形ばかりの門のくぐり戸を開けると、犬が尾をふって、とんで来た。

二匹の柴犬であった。

主人の帰りを待ちかねて、体をすりよせて甘える。

犬に各々（おのおの）、声をかけて頭をなでてやってから、美希子は玄関の鍵を開けた。

犬たちは庭へ廻って行く。

外観も古くさかったが、家の中も昔風であった。

小さな応接間が洋室で、あとは畳の部屋である。

出迎える人のない家の中で、美希子は居間の電気をつけ、台所に立って行って、まず犬の餌（えさ）を作った。

その台所も、清潔だが、流しもガス台も古めかしかった。

犬たちに食事を与えてから、美希子は自分一人の夕食を作る。

居間には、彼女が帰って来て、すぐにスイッチを入れたテレビの画面が映っていた。

人の声や、音楽が聞えてくる。

それがなかったら、美希子はこの家で寂しさに耐え切れないだろうと思った。

居間のテーブルで夕食を摂る。

かつては、ここに家族の顔が並んでいた。

父親がビールを飲めば、子供達は麦湯やジュースをコップに注いで、真似をした。

冬は、テーブルコンロの上に、寄せ鍋やすきやきが出て、母親が長い取り箸で器用に材料を鍋の中に入れていた。

もう、ここらが煮えているから、おあがり、熱いから気をつけて、などという声が柔らかく、美希子の耳をくすぐり、彼女は安心して箸をのばしたものだった。

家族そろっての食事は週に何回もなかったが、いつも賑やかであった。

久しぶりにくつろいでいる父親に、美希子は学校での出来事や、友人とのことを喋り続けたし、父親もたのしそうによく聞いてくれた。

母が美希子の進学の相談をしたのも、この居間であった。家族旅行のプランが生まれたのも、このテーブルを囲んでいて……。

食事の箸をとめて、美希子は涙を拭いた。

あきらめたはずのことが、あきらめきれないままに、時々、こうして思い出し、美希子を泣かせてしまう。

はじめて、見合の写真をみせられたのも、ここだったと思った。

父や母の前では、乗り気でない顔をしたくせに、母が台所へ立ち、父が風呂へ入ってから、そっと写真を広げて、つくづく眺(なが)めたものであった。

が、それも、もう夢である。

食事の片付けをしてから、美希子は家計簿を出した。

終りのページに、美希子にしかわからない数字がいくつか、書き込んである。

一人暮しは物騒(ぶっそう)なので、貯金通帳や貴重品は、銀行の貸金庫の中へしまってあった。

家計簿の終りのページの数字は、その心おぼえのメモであった。

両親が、二人の娘のために残してくれたものの中(うち)、現在、ニューヨークで暮している妹の由紀子の分も含めて相続税などを支払うと、現金は僅(わず)かなものになった。

それでも、父親がいつか、娘が結婚する時のためにと、それぞれの名義で積み立ててくれたものが三百万円余り、そのままになっている。

その金を使って、鶴賀百貨店のイベントに参加する決心であった。

どうせ、結婚する気のない美希子である。

同じ使うなら、やさしく、なつかしい父と母のために使いたい。

ただ、両親が、それを喜ぶかどうかが不安であった。

美希子だけは、平凡でも幸せな人生を、と願って死んで行った両親である。

自分に、平凡な幸せが来るのだろうかと思った。

今のところ、美希子はそれを望んでいない。

彼女が、人生に夢を感じる相手に、めぐり合っていないせいであった。

二匹の犬だけが待つ家へ帰る生活に、美希子は疲れていた。

一年一年、徒らに年齢を重ねていくだけの人生に、希望を持てないでいる。

「とにかく、行ってみよう」

と声が出た。

独り言にも馴れている。

「行ってみれば、なにかがあるかも知れないし……」

あの人々をみてみたいと思った。

美希子から、かけがえのない父と母を奪った人々であった。

穏やかな生活を、この家から持って行ってしまった憎い人々を、もう一度、自分の目でみつめたい。

その時が、自分の人生の終りであったとしても、美希子は後悔しないだろうと考えていた。

翌日、美希子は二匹の犬の散歩のついでに、近くの寺へ坂道を上って行った。

その寺の墓地に、両親の墓がある。

冬の陽の当る坂道には、茶の樹が植えてあって、白い小さな花が咲きかけていた。

むかし、母と手をつないで上ったこの道を、二匹の犬にひっぱられて上って行く。

寺の境内に人の声がしていた。

普段は、めったに人に会わない場所であった。

若い、背の高い男の後ろ姿がみえた。

その前に立っているのは、この寺の住職である。

鶴賀百貨店という言葉が耳に入って、美希子は足を止めた。

犬は大人しく、美希子の足許に寄り添っている。

「そんなデラックスツアーを買う人がいるかどうかわからんが、まあ、旅行好きの檀家の人に、話すだけは話してあげましょう」

住職が人のいい調子で話している。

「お願いします。まあ、これだけの船旅のツアーとしては、格安でコースも面白いんです。パナマ運河を通過するというのは、船旅の中でも最高といわれていますから……」

若い男は書類鞄を下げていた。手にはパンフレットを持っている。

「しかし、まあ、鶴賀百貨店は派手なことが好きですなあ」

住職がいい、男が頭に手をやった。

「まあ、これからは、インターナショナルの時代ですから……」

パンフレットを渡して、男は住職に頭を下げ、坂道を美希子のほうへ歩いて来た。

美希子はうつむいて、男をやりすごし、境内のほうへ向った。

住職はパンフレットを眺めていたが、近づいた美希子をみて、目を細くした。

「長井さん、おまいりかな」

「はい、お天気がいいので……」

「今年は、あたたかくて、助かるね」

パンフレットを持ち直そうとして、住職の手から一枚の名刺が落ちた。

美希子が腰をかがめて拾った。

「上杉さんといってね、あの人のお父さんが、うちの寺の総代をしていたことがある。息子さんは、大手の旅行会社に就職しているんだが……」

住職の手に戻した名刺には、上杉信吾とあった。

「日曜だというのに、仕事熱心なことだ」

美希子は、住職にお辞儀をして、墓地のほうへ歩いた。

柿(かき)の木の梢(こずえ)で百舌(もず)の啼(な)く声がしている。

長井家の墓は、墓地の一番奥にあった。

崖(がけ)の下は、寺の小道になっている。

ふと、美希子は、さっきの若い男が、そこの小道の途中に立ち止まって、茶の花を眺めているのに気がついた。

白い、小さな茶の花を、上杉信吾は手をのばして折った。そのまま、坂道を下りて行く。

孤独が、青年の後ろ姿にあるのを、美希子は崖の上から見送っていた。

あの人だと、気がついた。

第二章　財成

鶴賀百貨店会長、浅野善次の屋敷は高輪にあった。

高級住宅ばかりの、その辺りでも敷地の広さは群を抜いていた。

江戸時代からの大名家の庭をそのまま残したという築山や池を取り巻く小道には石燈籠や植木が庭造りの作法通りに配置され、小暗い岩組みの間からは滝が落ちている。

住いのほうは、一部を除いて近代建築であった。

古風な庭とモダンな建物との間は、ガーデンパーティが催されるほどの芝生の広場があって、そのへりを彩る花壇の花は、和洋折衷で、なんとかバランスを保っていた。

この土地は、先代浅野善太郎が戦争直後に入手したもので、その当時の建物で残されているのは茶室だけ、住いのほうは二度、建て直しをして今日に至っている。

当主の浅野善次は週の最初の四日をこの家で過し、週末は主として北鎌倉の別宅に居る。

夫人の伸枝も、ほぼ夫と行動を共にしていた。

北鎌倉の別宅は、浅野善太郎の隠居所として建てられたものだが、五年前に、善太郎が八十四歳で他界すると、あちこちに手を加えて、善次夫婦の週末の家になった。

週の前半を東京の本宅で、後半を北鎌倉の別宅で過すという善次の生活は、そのまま、二代目鶴賀百貨店会長の彼の立場を象徴していた。

つまり、社長は娘婿の関原英四にゆずったものの、あいかわらず人事権のある会長として、万事に君臨しているということで、

「わたしは、もう隠居の身分でね。北鎌倉にひっ込んで、余生は静かに送りたいよ」

などと善次がいうのは、厄介な義理のパーティを欠席するための口実以外のなにものでもなかった。

社長の関原英四の家は、杉並にあった。

ここは、彼の父親の遺産だが、彼が浅野善次の娘の真理子と結婚する際に大改築をした。

従って、社長夫婦は杉並に居住している。

だが、真理子は、よく高輪の両親の家に帰って来ていた。

杉並が、やや都心から遠くて不便だという理由で、知人のパーティや結婚式、その他さまざまの用事で都心に出かける時は、一度、高輪の家へ来てから、着がえて出て行くということが多かった。

けれども、真理子が、今日、高輪へ来たのは、別の用事のためであった。

午後の陽が、レースのカーテン越しにさし込んでいるリビングでは、服の仮縫いが始

まっていた。

大きな三面鏡を前にして、真理子が立っている。

ピンをうっているのは、高名なデザイナーであった。助手が三人もついて来ている。

白い地厚のクレープに、小さな真珠を一面に縫いつけた布地であった。

真珠は勿論、本物ではないが、それにしても布地そのものが最高級品なので、一メートル、数十万円もする代物であった。

それを、ふんだんに使って、イヴニングドレスを作る。

「あなた、少し、痩せたんじゃないの」

傍のソファにすわって、娘の服の仮縫いを眺めていた伸枝がいった。

真理子は父親似で、すらりと背が高い。

生まれつき近眼で眼鏡をかけているが、目鼻立ちの整った美人であった。頭と顔が小さく、八頭身タイプである。

母親の伸枝が小肥りのずんぐりむっくりなのと、いい対照であった。

「ダイエットしているのよ」

鏡の中の自分をみつめたまま、真理子が答えた。

「そんな必要ないのに……」

「うっかりしていると、お母様みたいになっちゃうじゃない」

来年四十歳になろうという娘は、母親の前で高校生のような口のきき方をした。

「お父様も心配なさってるわよ。真理子はどこか具合が悪いんじゃないかって……」

「相変らず、非常識ね。この節は肥っているほうが危険なのよ。成人病は大体、お母様みたいな肥りすぎの人が、かかるんです」

「でも、赤ちゃんを産むには、もう少し、肥ってたほうが……」

「もう無理よ。いくつだと思ってるの」

「世間には四十すぎても、妊娠なさる方があるのよ」

「あたしは無理よ。そんな気もないもの」

「困りますよ。浅野家は、あなた一人なんだから……」

「子孫繁栄のために子供を産むなんて、古くさい。第一、地球はいつ、終焉を迎えるかわからないのに……」

「そんなに簡単に、地球が消えてなくなるものですか」

「子供なんか産んだって仕方がないわ。この汚染だらけの日本で……日本だけじゃないのよ。ソ連の原発事故の結果だって、あと何十年もしなけりゃ、どうなったかわかりもしないのに……」

デザイナーは、そっと母娘の顔色を窺った。

子供の話が、この家族の中ではタブーなのは承知している。このあたりで話題を変えておかないと、どちらの機嫌も悪くなるし、その結果、今日の仮縫いはこれでやめるなどといい出されてはたまらない。

「如何(いかが)でしょうか。胸のあき具合はこのくらいにしたほうが、若奥様にはお似合いのように思いますが……」

真理子が吟味(ぎんみ)するように、鏡に対して横をむき、また、正面をむいた。

「アクセサリイはダイアのイヤリングかしら。真珠は避けたほうが賢明ね」

「さようです。布地にこれだけパールがついていますから……」

「どう……お母様……」

「いいわよ、とてもきれい……」

「じゃ、お母様と交替して、あたしはお茶を頂くわ」

真理子が仮縫いの終った服を脱ぎ、シルクのガウンを着ると、今度は、仲枝が鏡の前に立った。

「あたしは、真理子のようにスタイルがよくないから……」

「いえ、奥様はお色が白くていらっしゃいますから、このミッドナイトブルウは、大変よくお映りになります」

濃(こ)い色は少しでも痩せてみえるために選んだとは、決して口に出来ない。

男性デザイナーは、そっと白いハンカチーフで額の汗を拭(ふ)き、助手のさし出すピンを抜き取りながら、鏡の中の仲枝の目をみつめた。

「今度の御旅行はどちらでございますか」

助手の駒沢佐知子が、仮縫いの終った白いイヴニングドレスを丁寧に箱へ収めながら、鶴賀百貨店の会長夫人である仲枝に訊ねた。

会長夫人は、ひっきりなしにお喋りをしながら仮縫いをするのが好きである。その相手をしていると、ひどく疲れるから、喋るのは君達で適当にお相手をするようにと、男性デザイナーは、助手たちにいいつけてある。

駒沢佐知子が口を開いたのは、そのためであった。

「おや、あなた、知らないの。鶴賀のロスアンゼルス店のオープン三周年の祝賀イベントの話……」

佐知子はうろたえずに、微笑した。

「はい、それはもう、大変な話題になって居りますから……豪華船でロスアンゼルスからパナマ運河をクルーズされるとか……」

「そうですよ。そのイベントに、私も出席しますのよ」

「大奥様もですか。それでは出席者は大感激でございますね。大奥様とご一緒の船に乗れるなんて……」

慎重にピンを打ちながら、デザイナーは、駒沢佐知子も随分、会長夫人の性格をのみ込んだものだと思っていた。ああいうふうに話を進めている分には、かなり長い時間を稼げるに違いない。

仮縫い中の会話で困るのは、同じ常連客を話題にされることであった。

このデザイナーの客には、大臣夫人、事業家夫人、女優、ピアニストと、いわゆる有名人が顔をそろえていた。その中の誰の噂話になっても、なにかと不都合が起る。が、客は、えてして、客同士の話をしたがるものであった。

　それを避けるためには、もっぱら、こちらから上手な聞き役に廻らねばならない。

　駒沢佐知子は、それを心得ているようであった。

「日本からは、何人ぐらいのお客様がいらっしゃるのですか」

「大体、三百人ぐらいに限定するようよ。ロスアンゼルスのほうで、やはり三百人といってますから……」

「随分、大きな船なのでしょうね」

「二万八千トンとかいってましたよ。クィーン エリザベス号みたいに、ただ大きいだけじゃなくて、そりゃ贅沢な船ですって……」

「大奥様は、クィーンエリザベス号にも、何度もお乗りでございましたわね」

「そうね、四回かしら。ハワイへ行ったのと、香港から中国のほうをクルーズした時と、一番最初は大西洋横断でしたよ。今から二十年以上も前……ええと、それから、南太平洋クルーズでしたね」

「船旅ほど贅沢なものはないそうでございますね」

　デザイナーも口を出した。

「揺れなければね」

「揺れることもございますか」

「そりゃありますよ、嵐なんぞが来ると……でも、今度のクルーズは大丈夫。ロスから西海岸の沖を通ってアカプルコへ出て、パナマの……」

リビングへ、お手伝いが入って来た。

「失礼いたします。M旅行社の牧野さんがおみえになりましたが……」

ソファで紅茶を飲んでいた真理子が、ふりむいた。

「牧野さん一人……」

「はい」

「じゃ、ここへ通ってもらってちょうだい。いいでしょう、お母様」

「そうね、女同士だから……」

お手伝いがひっ込むと、伸枝が説明した。

「コンダクターなのよ。女性だけれど、そりゃあベテラン。あたしたちが外国へ行く時は、いつも、名指しで供につれて行くの」

デザイナーが感心してみせたところへ、静かな人の気配がした。

「失礼いたします。牧野でございます」

「どうぞ……仮縫い中でごめんなさい」

「よろしいのでしょうか」

「あなたなら、かまわないわ」

おかけなさい、といったのは真理子であった。

牧野蘭子は、デザイナーとその助手達に会釈をして、すみに掛けた。

「なにしろ、船旅はドレスが入用だから……」

最低、何枚、持って行ったらいいの、と伸枝が大様に訊く。

「船の上だけのことを申しますと……」

牧野蘭子は手ぎわよく、鞄の中からノートを出した。

「ロスを出港しまして、十日目にフロリダのフォートローダーデイルに入港いたしますまでに、フォーマルの夕食は四、五日かと存じます。御承知のように、船では入港日とその前夜はインフォーマルでよろしいわけですので……今回のクルーズは、サンディエゴ、アカプルコ、バルボア、に入港いたします。その他にパナマ運河を通過します日はインフォーマルとなりますので……」

デザイナーがピンを打ちながら、訊ねた。

「港へ入る前夜と当日の夕食は、フォーマルでなくてよろしいんですか」

「はい、それはクルーズ船では、そのようなことはありませんが、世界一周の船の場合、港で下船なさる方、上船なさる方がございます。それで、荷物を作ったり、ほどいたりの関係で、インフォーマルで夕食に出てよいとの習慣が短いクルーズでも適用されて居ります」

船が港へ入れば、短いクルーズでも客は上陸して、その土地の観光に出かける。

「一日、疲れて帰って、夕食にフォーマルというのは大変だということもあるようですが……そのあたりのことは、私よりも、こちらの大奥様、若奥様のほうが、おくわしくていらっしゃいます」

「成程(なるほど)、そうですか」

うなずきながら、デザイナーは、このコンダクターの聡明(そうめい)さに感心していた。

決して、出しゃばらず、客を立てたものの言い方を心得ている。

「そうしますと、ロスのパーティを含めて、イヴニングは七着ぐらいで……」

「十着は持って行こうと思いますよ」

会長夫人がいった。

「その時の気分で違うものを着たくなったりするでしょう。それと、ちょっとしたドレスが十枚以上、必要でしょう。インフォーマルといっても、私たちはまさか、ジーンズで食事というわけにはいきませんから……」

「あたしはジーンズを着るわ」

と真理子がいった。

「ジーンズに、うんと洒落(しゃれ)たサマーセーターなんて、パナマクルーズの夕食にはすてきじゃないの」

デザイナーが同意した。

「それは、大変、ナウい着方だと思います」

「ロスで買い物をしなければ……牧野さん、いい所を案内して下さいね」

　真理子がいい、牧野蘭子は彼女のショッピングの内容を訊いて、メモをとった。

「ロスでのお食事ですが、プライベートの日に、どちらか、御希望がおありでございますか」

「日本食がいいわ」

　と仲枝が、三枚目のイヴニングの仮縫いを終えて、いった。

「どうせ、公式ディナーはフランス料理だから……」

「それでは、評判のいい所を何軒かチェックさせて頂きます。他になにか、御用命はございませんか」

「ロスのホテルはいつものようにキッチン付でしょうね」

「はい、この前、お気に召した同じ部屋を予約しております」

「車はベンツを……いつも、あたしが乗っているのと同じタイプを用意しておいて……」

「承知いたしました」

　聞いていて、デザイナーは、なんの商売もらくではないと思った。

　仮縫いがすべて終った時、牧野蘭子の打ち合せも終っていた。

　一同はそろって、浅野家の玄関を出る。

　デザイナーは、助手二人と共に自分の車に乗った。

　駒沢佐知子だけがそこで別れたのは、靴屋にイヴニングドレスと同じ布地を届けて、会長夫人、社長夫人のイヴニング用サンダルを発注するためであった。

「どちらのほうへいらっしゃいますの」

牧野蘭子に訊かれて、佐知子は銀座だと答えた。

「それじゃ、どうぞ。私、日比谷まで帰りますので……」

彼女がドアを開けてくれたのは国産車であった。

「安全運転で行きますから、大丈夫よ」

すすめられて、佐知子はお辞儀をした。

「ありがとうございます」

高輪の浅野邸からはかなり歩かないと国電の駅にも、地下鉄にも出られなかった。比較的、近いのはバス停だが、これは銀座へ出るには方向が違いすぎた。タクシーも拾いにくい。

「失礼ですけれど、駒沢佐知子さんでしょう」

車が品川駅を通りすぎる時、蘭子がいった。

「はい、そうです」

「私のこと、おぼえていらっしゃいません」

かすかな微笑を浮べた。

「お兄様……お元気ですか、昭彦さん……」

佐知子がかすかな声を上げた。

「あなた、あの時の……」

雨の日であった。

洋裁学校からの帰り道、自宅に近い私鉄の駅を出たところに、兄の昭彦が立っていた。

「兄さん」

と声をかけて、佐知子は兄の前にいる女性に気がついた。兄と女性は、そこで立ち話でもしているといった恰好であった。

兄は佐知子をみて、困惑したようであった。

なんとなく、佐知子は兄が、佐知子に聞かせたくない話を、その女性としていたように思えた。

「あたし、先に帰る……」

といいかけた時、女性が兄にいった。

「それじゃ、これで……」

兄は、ためらって、結局、

「ああ」

と応じた。

彼女は、佐知子をみた。

それで、兄が紹介した。

「妹なんだ。いつも話す……佐知子……」

ぴょこりと、佐知子がお辞儀をし、女は微笑した。

「すてきな妹さんね。じゃさよなら」

タクシーに手を上げ、そそくさと乗った。

兄は彼女を見送ったが、彼女は兄のほうをみなかった。

「誰、あの人……」

タクシーが去ってから、佐知子が訊くと、兄は、

「会社の同僚さ」

と答えた。

あの雨の夕方は、もう五年も昔のことである。

「ごめんなさい、私、みちがえてしまって」

佐知子が車の中で頭を下げると、牧野蘭子は笑った。

「あたし、変ったでしょう」

「いえ、そういう意味ではなくて……一度しか、お目にかかってなかったので……」

「そうね」

蘭子がうなずいた。

「あなた、お兄様によく似ていらっしゃるわ」

「そうですか」

ぽつんと会話が切れた。

蘭子が、もう一度、兄の消息を訊ねたら、佐知子は兄の話をしただろう。

だが、何故か、蘭子は黙っていた。

道路が渋滞していて、会話どころではなかったのかも知れない。

なんとなく、佐知子のほうも、話しかけるのをためらった。

車は、やがて日比谷へ来た。

「銀座まで送りましょう」

と蘭子がいったが、佐知子は日比谷の路上で下ろしてもらった。

「すぐですから、歩きます。どうも、ありがとうございました」

蘭子の車は、次の交差点を右折して行った。そこに彼女がつとめている旅行社のビルがある。

佐知子は銀座の靴屋へ寄って、注文をすませた。

この靴屋は、浅野伸枝、真理子の母娘が気に入っている店であり、彼女たちのオーダー用の足型もおいてある。

地下鉄で青山にあるアトリエへ戻った。

仕事は夜八時まで続いた。今日、仮縫いをすませた会長夫人、社長夫人のイヴニングを組み立て直し、縫製(ほうせい)の段取りをつける。

駒沢佐知子のアパートは原宿の裏のほうにあった。

青山のアトリエから歩いて帰れる。

表通りにある高級マンションとは月とスッポンのようなモルタル塗りの三階建のアパ

ートであった。

女の一人住いらしく一DKだが、部屋の中は片づいている。

帰り道に買って来た苺を洗って、仏壇に供えた。

仏壇といっても、ごく小さなもので位牌が三つ並んでいる。

二つの位牌は両親のものであった。

もう一つは位牌というよりも、白木の札であった。

佐知子の手作りである。

そこに、兄の名前が書いてあった。

置き手紙を残して、兄が消息を絶ってから、もう丸四年になる。

生きているのか、死んでしまったのか。

苺は、兄の好物であった。

「兄さん、あの人に会ったのよ。牧野蘭子さんという名前だったなんて、あたし、知らなかったけど……牧野さん、旅行社でコンダクターをしているわ。あの人、兄さんのなんだったの……」

M旅行社では、鶴賀百貨店のイベントツアーのために、かなりの人間が残業を余儀なくされていた。

鶴賀百貨店旅行部から持ち込まれてくるパナマ運河クルーズの参加申込書をみては、一人一人に連絡を取り、パスポートやビザのない者には、その準備をしなければならない。

それにしても、売れゆきが悪かった。

「こんなことで、イベントが成立するのかね」

と営業部長の大久保がぼやくほど、客が集まっていない。

ざっと百人ばかりの参加者は、全部、鶴賀百貨店と取引のある業者であった。これは、いわば押しつけである。

日本からの参加者三百人の中（うち）、残りは鶴賀百貨店の客を対象として、旅行部がしきりに勧誘しているが、なんといっても、金額が大きすぎた。

一人、九十八万円なのである。

「常識的にいえば、安い買い物になっているわけですよ」

鶴賀百貨店旅行部に出向している田中良明が、ぼやいた。

「ロスからフロリダのフォートローダーデイルまで十日間のクルーズの料金が、船室にもよるが、大体、一人五千ドル平均でしょう。まず、これはクィーン　エリザベスからみても、格安です。おまけに円高だから……このところのレートからすれば、七十万円を切るでしょう。おまけにフロリダからロスまでの航空運賃は船会社のサービスになっているから、残りは成田からロスの往復航空運賃とロスの滞在費……九十八万円という数字は、買うほうにとっては、絶対にお得なんです。しかし、パナマ運河へ行ってみたいという人間は少なくないだろうが、クルーズに十日、その前後を含めて二週間、休みをとれる人となると、こりゃあ限定されますよ」

百万近い費用と二週間の休暇が自由になる者は、この世の中でそう滅多にいるものではない。

「まあ、鶴賀百貨店で毛皮だの宝石だのをお買い上げになる金持の夫人にターゲットをしぼっているんだが、女ばっかりじゃ、船のほうも困るんだな」

外国の常識としては、船旅はおおむね、夫婦であった。

男が女をエスコートするという外国の習慣が、船旅の日常となる。

「キンキラキンのおばさんばっかり乗り込んだひには、船員がぶったまげるだろう」

「しかし、男は無理だよ。二週間も留守にしたら、会社が潰れちまうと考えるのが日本のオーナーだろう」

「サラリーマンなら、間違いなく、くびになるしな」

笑いごとではなかった。

客が思うように集まらなかったら、旅行社のほうも儲からない。

いや、儲けどころか、赤字を鶴賀百貨店から押しつけられるのが必定であった。

この旅行に関する説明会も、何度となく開かれた。

なにしろ、人数が多いし、船旅に馴れていない客をつれて行くのだから、募集が完了してから説明会というのでは間に合わない。

上杉信吾が立ち会った説明会は、二回目のもので、主として客は、鶴賀百貨店への納入業者が、かき集めて来た連中であった。

どうみても、タキシードやイヴニングドレスを着て、船の夕食に出るなどというのは、似つかわしくない顔が並んでいる。

これは大変なことになると、上杉はスライドや映画の説明の間中、考えていたが、さて、パンフレットをくばって、個人の質問を訊く段になると、それは予想以上のてんやわんやになった。

第一、タキシードとブラックスーツの区別のつかない男がいる。

鶴賀百貨店のほうからタキシード一式を持参してみせているのだが、

「こんなものを着なくとも、ダブルの背広でなんとかなるだろう」

といい張る者がいる。

季節からいっても、クルーズから考えても、本当なら、タキシードは黒と白と二着持参するのが外国人の常識だが、この分では白どころのさわぎではなかった。

タキシードの靴はエナメル、シャツは、ネクタイは、と、説明している鶴賀百貨店の紳士服の店員は、声を嗄らしている。

女性のほうは、イヴニングドレスにするか、着物にするか、と、これまた大さわぎだが、

「日本では、季節から申しましても袷でございましょう。でも、アカプルコだのパナマだのってところは暑いのでしょうから、単衣のほうがよろしゅうございますわね」

などと、かなり研究して来ている人が多いのは、昨今、女性のほうが海外旅行に馴れている証拠かも知れなかった。

上杉信吾は、片すみの机でパスポートの申請の受付をしていた。

顔写真と戸籍抄本を用意して来てもらって、申請手続きの業務を代行するのであった。

その女性は、列の最後に並んでいた。

机の上におかれた顔写真をみて、上杉は、思わず相手をみた。

あの娘であった。

福喜寺の境内を、二匹の犬をつれて墓まいりにやって来た、あの女性である。

戸籍抄本に目を落して、上杉は、彼女の名前が長井美希子であることを確認した。

申込書には、彼女の勤務先が記入してある。

鶴賀百貨店に衣料品を納入している大手のメーカーであった。

彼女は販売促進課である。

「お一人で御参加ですか」

さりげなく、訊ねた。

「はい、一人です。ただ、同じ会社から何人か、参加していると思います」

「同僚の方などで、特に同室を御希望される方はありませんか」

船室は大方がツインベッドルームなので、と上杉は説明した。

「御希望があれば、便宜をおはかり出来ると思いますが……」

「ありがとうございます。別にございませんので、どなたとでもけっこうでございます」

「わかりました。また、御連絡します」

長井美希子は丁寧に頭を下げて、彼の前を立ち去った。

あの娘は、何年か前に、自分と見合の話があったのを、知っているのだろうかと思った。

知るわけはないと考えた。

見合用に、ばらまいた写真と履歴書の一つが、たまたま、人を介して、上杉のところへ廻って来たにすぎないに違いない。

それでも、上杉は長井美希子を忘れかねた。

一つには、彼女が決して幸せそうではなかったことにある。

上杉が知っている長井美希子は、長井美術という一流の美術仕入れ業者の社長の娘であった。

両親と妹と、資産家の豊かな家庭に育った、おっとりした娘の顔が、振袖を着て、写真におさまっていた。

「娘さん二人きりの長女なので、本来は婿養子をとるところだが、御両親は当人が好きになれば、嫁に出すのもかまわないといって居られるんだよ」

と、その見合の話を上杉に持ち込んだ人物が話してくれたのが昨日のことのようであったが、あれから、もう四、五年が過ぎているのだろう。
四、五年といえば、上杉がニューヨークで暮した歳月である。
その間に、彼女になにか変化があったのか、訊ねてみたい気がしたが、むこうが自分を知らないのではどうしようもない。

次の日曜に、上杉は思い切って、福喜寺を訪ねた。

この寺は、祖父の代からの知り合いでもある。

表むきは、パナマ運河クルーズの旅行に参加しそうな者はいなかったか、と訊きに来たという様子をした。

この寺にはパンフレットを何枚か、あずけておいた。

「上原の材木屋の皆川さんが、行ってもよいような話だったんだが、おばあさんが体を悪くしてね。どうも、病人をおいては出かけられそうもないというのだよ」

住職が気の毒そうにいい、上杉は礼をいった。

「どうも、御厄介（ごやっかい）なことをお願いして申しわけありません」

境内には若い娘が三人、小さな地蔵様に毛糸の帽子をかぶせていた。

「そういえば、この前、僕がお邪魔した時は、若い娘さんが犬を二匹、ひっぱって、お墓まいりに来てましたね」

「犬を二匹……ああ、それじゃ、長井さんの娘さんじゃよ」

「この近くの人ですか」

「参宮橋へ寄ったところに住んでいるんだがね。あの子も、かわいそうだ」

住職が若い娘たちに会釈をした。彼女達は地蔵様の古い毛糸の帽子を回収して、嬉々として帰って行く。

「かわいそうって……不幸せな娘さんなんですか」

「お父さんは、銀座で大きく美術商をやっていた人で……温厚な、立派な人だった。フランスへ美術品の買い付けに行ってね。それを鶴賀百貨店で展示会をして売っていたんだ。たしか、奥さんが、鶴賀百貨店にかかわりのあるということでね」

そうだったと、上杉は苦っぽく思い出した。

長井美希子との見合の話を、にべもなく断ってしまったのは、彼女の父親が、鶴賀百貨店と取引のある美術商ときいたからであった。

当時の上杉にとって、鶴賀百貨店とかかわり合いがあるというのは、坊主憎けりゃ袈裟までも、と同じ心境であった。

「今から何年前になるかね、長井さんの店が潰れてね。くわしいことは知らないが、なんでも、鶴賀百貨店が取引を断って来て、それがきっかけで倒産したというんだよ」

「それで……長井さんの御両親は……」

「夫婦とも、続いて歿ったんだ。まあ、倒産の心労が重なったんだろうが……」

「娘さんは二人、いたんでしょう」

「下のは、ニューヨークで暮しているそうだ。働きながら画の勉強をしているらしい。美希ちゃんは、衣料品の会社につとめている……一人ぽっちで……二匹の犬が家族ということかな」

「そうでしたか」

植木屋が来て、住職は本堂の裏へ廻って行った。

上杉は、墓地に入った。

そう広くもない墓地を探すと、長井家の墓は、すぐにみつかった。

ごく平凡な墓石には、長井家先祖代々之墓と彫ってある。

その横の石碑には、ここにねむっている人々の戒名と本名と歿年月日がきざまれていた。

上杉が目をこらしたのは、その最後であった。

赤いペンキで、長井美希子と書いてある。

本来、こうした碑に、まだ元気でいる者の名前を彫って、そこに朱を入れておくという習慣はあった。

だが、長井美希子の文字は、そうしたものではなかった。

ごく最近、誰かが書いたものである。

まさか、長井美希子が自分で自分の名をそこに書いたのではないかと思った時、上杉の脳裡にひらめいたのは、パナマ運河クルーズの旅のことであった。

両親を失い、一人きりになった娘が、何故、鶴賀百貨店のイベントによるツアーに参加するのか。

赤い文字を眺(なが)めて、上杉は腕を組んだ。

もしかすると、ここにも、自分と同じ思いの人間がいるのかも知れない。

第三章　種子

牧野蘭子は、土曜日の夜、九時を過ぎて中央線の武蔵境(むさしさかい)にある自宅へ帰り着いた。

この時刻に帰宅するのは、そう珍しいことではない。

一人息子(ひとりむすこ)の英一は、すでに子供部屋のベッドで眠っている時間である。

出迎えてくれたのは母であった。

「今夜、おでんだったんだけど、あたためてあげようか」

蘭子は玄関の鍵(かぎ)をしめながら、笑顔を作った。

「そうね、少し、頂くわ」

上着を脱ぎながら洗面所へ行き、手を洗って、うがいをする。

子供部屋は、母が寝室に使っている日本間と襖(ふすま)で区切られていた。母の里江は自分がやすむ時には、その間の襖を開けておく。夜中に、孫息子になにか異常があった時の用心のためであった。

英一は三歳になったばかりであった。

蘭子は、音をたてないように子供部屋をのぞいてみた。幼児はあどけない顔で睡(ねむ)っている。

暫く、その寝顔を眺めてから、蘭子は二階へ上がって着がえをした。

窓から、ガラス越しに、同じ地所内に建っている妹の新居の灯が見えた。

祖父が、この土地を入手したのは戦前のことで、その当時は雑木林と田畑ばかりで、人家はまばらだったという。

実際、祖父母は戦争中、一家が自給自足できるほどの田畑を持っていて、それが現在の牧野家の財産になった。

この家の建っている土地も、およそ二百坪はある。昨年、妹の喜久代が結婚して、夫婦の新居を同じ地所内に建てても、まだ充分な庭があった。

その他に、少し離れた所に持っていた土地には数年前、賃貸マンションを建て、そこからの収入で家族が生活できるようになっていた。

近頃、この附近の土地の値上りはすさまじい。

スーツから、ゆったりした部屋着に変って、蘭子はリビングへ下りて来た。

テレビがついている。

テーブルのすみには、母の編みかけの幼児用のセーターと老眼鏡がおいてあった。

手仕事の好きな母親は目のいいのも自慢の一つだったが、流石に五十代のなかばをすぎて、老眼鏡の御厄介になるようになった。

「これ、英一のね」

紺のセーターの胸にはパンダの顔が編みこみになっている。

「四月から幼稚園へ行くことになったら、けっこうおちびさんなりにお洒落になってね。こんなのが欲しいっていうから……」

まだ、おばあちゃんと呼ばれるには若すぎるような母親は、嬉しそうであった。

三年前、いったん、職場をやめて未婚の母になった蘭子が、出産後、再び添乗員として復帰して以来、赤ん坊の養育は、母の里江の責任になった。

英一のほうも祖母によくなついて、母親である蘭子が添乗員の仕事で何日留守になろうとも、格別悲しがるふうはない。

それは、仕事を持っている蘭子の立場からすれば有難いようなものだが、反面、母親として寂しくないこともない。

「今日、関原さんから電話があったのよ」

蘭子が遅すぎる食事をはじめた時、母親がためらいがちに報告した。

「今朝、あんたが出勤して行ってすぐだったかしらね。いつものように、英一を井の頭公園に連れて来てくれって……」

「誰が連れて行ったの」

「喜久代がね。吉祥寺のデパートに買い物もあるからって……」

「そう……」

食事を続けながら、蘭子は今日が第二土曜日であることを改めて思い出していた。

鶴賀百貨店の定休日は月曜だったが、その元締めである鶴賀株式会社のほうは日曜定休で、その他に第二土曜が格別のことがない限り、休んでよいことになっている。社長である関原英四は、この日をもっぱら社用の接待やゴルフ或いは交際に費やしているが、たまには、なんの予定も入らないで自宅にいることもある。

すると、彼は健康のためと称して、久我山の自宅からさして遠くない井の頭公園へジョギングに出かけるのであった。

牧野家へ電話が入るのはそういう時で、時刻を決めて、英一を井の頭公園の、あらかじめ指定してある場所へ連れて行くことになっていた。

つまり、井の頭公園のどこかで遊んでいる英一と、ジョギングに来た関原英四が、それとなく親子の対面をするわけであった。

「あんた、近く、関原さんに会う予定があるの」

つとめて、さりげなく母親が訊いた。

「ないこともないけど……なんで……」

「いいえ、別に、なんてことじゃないのよ」

母親が先に風呂に入り、蘭子は簡単な食事を終えた。後片付けをして、母親と交替のように入浴する。

蘭子が二階へ戻る頃には、母親は布団に入っている。

二階の蘭子の部屋も日本間であった。

八畳である。もしも、階下に寝ている英一を連れて来て、母子で布団を並べて寝るとしても充分な広さであった。

自分が外国へ出かけない時ぐらいは、せめて我が子と隣り合せに休みたいと蘭子はいつも考える。実行できないのは、親の感情で幼い子供の生活を狂わせたくないと思い直すからであった。

今夜は二階、明日は階下というのでは、英一が落ちつかなくなるだろう。

一人では広すぎる部屋で、蘭子は睡った。

翌朝は、ゆっくり起きた。

なまじ、無理をして早起きしても、里江と英一の生活の中に割り込むだけである。

着がえをして階下へ行った。

昨日もそうだったが、今日も暖かい。

リビングでは、妹の喜久代がテレビをみていた。

「お母さん、英ちゃん連れて、うちの亭主と三人で散歩に行ったわよ」

「こんな早くから……」

「英ちゃんが家の中でさわぐと、姉さんがゆっくり休めないからって……」

「かまわないのに……」

「お天気はいいし、ここんとこのぽかぽか陽気で、お宮の梅が満開なのよ……」

「まるで春の陽気ね」

「気象庁の話じゃ、一か月先の気温だって」

妹は姉のためにコーヒーの支度をした。

四歳年下の妹は、母親似で、家事に関してはひどくまめまめしい。

「昨日、電話があったそうね」

テレビを消して、蘭子は台所の妹の背中に訊ねた。

「社長さん……」

喜久代は関原英四を、そう呼んでいた。

「井の頭公園まで行ったんでしょう」

「そうよ」

「彼、なにか、いってた」

「久しぶりだったから、随分、大きくなったって……」

暮から正月にかけて、鶴賀百貨店は多忙であった。会長夫人や社長夫人はのんびりと五月に出かける船旅のドレスの仮縫い(かりぬい)をしていればよいが、社長の関原英四は、家でくつろいだのは元日だけという有様だったと、蘭子は聞いている。

鶴賀百貨店は二日から初売りを始め、成人の日までは無休と決っていた。

「二か月ぶりくらいかしら」

「多分、そんなものよ。この前の時は風が強くて、英ちゃんに風邪ひかせないかと、とても心配だったのを、おぼえてるもの」

「英一は、どうだった」

「いつもと同じ……でも、少しずつ、変だと思っているんじゃないかしら。井の頭公園へ連れて行かれるたびに、あの人が来るんだもの。今のところは、単によその小父(おじ)さんと思ってるでしょうけどね」

妹が、そっと姉の顔色を窺(うかが)った。

「姉さんに、社長さん、なにかいってないの」

「なにかって……」

「いつまで、あんなことをしているのかって、うちの亭主も心配してるわよ。英ちゃんだって四月から幼稚園でしょう。この節、いい学校へ入ろうと思ったら、幼稚園からそのつもりになってないと、大変なことになるのよ」

「知ってるわよ」

苦笑して、蘭子は煙草に火をつけた。

よく睡った朝の一服は旨い。

「幼稚園は近所のでいいとしても、小学校は考えないと……その場合、やっぱり戸籍が問題になると思うの」

蘭子は妹の顔を眺(なが)めた。

家族の間でタブーになっている戸籍の問題を妹が口に出したのは、よくよく思いつめてのことに違いない。

「未婚の母の子供じゃ、一流の学校には入れないってこと……」

いささか投げやりにいってのけた蘭子を、喜久代が睨むようにした。

「社長さん、認知のこと、なにもいわないの」

「できるわけないじゃない、奥様の目が光ってるもの」

「だって、英ちゃんは社長さんにとって一人息子よ、奥さんに子供がないんだもの」

「だからって、公けにはできないの」

「なんとかしてもらってよ。今のままじゃ英ちゃんが、かわいそうよ。男の子なのに、人生の最初から受験戦争に乗り遅れるなんて、あんまりだと思う」

喜久代がうすく涙を浮べたのをみて、蘭子は、おやおやと思った。

妹夫婦には、まだ子供がなかった。そのせいもあって、喜久代も、その夫の岡本和夫も英一を可愛がってくれる。そそっかしい近所の人の中には、よく英一を抱いて買い物などに出かける喜久代を、英一の本当の母親と思い込んでいるものも少なくない。

喜久代にしても、三時間おきにミルクを飲ませ、おしめを取り替えてという赤ん坊の時代から英一の面倒をみているのだから、情が湧くのも当然であった。

「お願いだから、姉さん、社長さんにそういう話をしてちょうだい。どうしても、社長さんのほうが無理なら、いっそ、あたし達が親になってもいいって、和夫さん、いい出したのよ」

妹夫婦が、英一を養子として、自分達の戸籍に入れてもと考えているということに、蘭子はショックを受けた。

「それは駄目よ。彼が承知する筈ないもの」

関原英四が、英一に対して父親の愛情を持っているのを、蘭子は知っている。

「だったら、英ちゃんのことを考えてもらってよ。英ちゃんだって一日一日、世の中のことがわかってくるんだから……」

「オーバーね」

「幼稚園へ行けば、誰がなにをいうかわからないのよ。世間の人は無責任で意地が悪いんだもの。英ちゃんのお父さんはお仕事で外国へ行っていますなんて弁解が、通用するものですか」

少なくとも、幼稚園側は或る程度、英一の出生の事情を知ることになる。

「先生から、真相が洩れる心配だってあるのよ」

それは、妹にいわれるまでもなく、蘭子がひそかに心を痛めていたことでもあった。

「わかりました。とにかく、父親と話してみるわよ」

妹の前で、蘭子は関原英四を父親と呼んだ。

英一の父親という意味である。

「お願いします。姉さんがつらいのはわかるけど、英ちゃんの将来のためなんだから……」

玄関のほうで人声がした。

母の里江と、喜久代の夫の岡本和夫、それに英一の幼い声がまじっている。

姉妹の深刻な会話は、それで終りを告げた。


月曜日の朝、蘭子はいつものように家を出た。

中央線と山手線を乗り継いで、日比谷の旅行社へ出勤する。

午前中はデスクワークであった。

午後になって外出した。

牧野蘭子のようなベテランのコンダクターは、いわゆる常連の客を持っていた。

彼女が企画し、彼女が添乗員をつとめるツアーなら必ず参加するという、いわば、彼女のファンのような客である。

地方に在住する、そうした客が上京して来たので、新しい旅行プランを説明してくるという口実を蘭子は使った。

これだと、ホテルで誰かに姿をみられても弁解ができる。

地下鉄を利用して、蘭子は芝の増上寺に近い高級ホテルへ行った。

部屋の予約は、数日前に電話でしておいた。

フロントへ行き、手早くチェックインする。

鍵をバッグに入れて、エレベーターに乗った。

幸い、ロビイに知った顔はない。

五階の部屋へ入ってから、ダイヤルを廻した。

このホテルの地下一階にある理容室であった。

関原英四は、そこの個室で調髪をし、時にはマッサージを受ける。

電話口に彼が出た。

蘭子が伝えたのは、部屋の番号である。

「わかった」

英四の返事は短かった。

電話を切って、蘭子は部屋のカーテンを閉める。

それだけで、都心のホテルの客室は夜の気配になった。

ノックがあったのは早かった。

蘭子は走って行ってドアを開ける。香料の匂いをさせて、英四が部屋へ入った。

「いいタイミングだった。マッサージを終えて、シャワーを浴びたところだったよ」

いいながら、英四は上着を脱ぎ、シャツのボタンをはずした。

「宮崎は如何でした」

上着をハンガーにかけながら、蘭子が訊いた。

「まるで五月の陽気だった。梅は散ってしまっていたよ」

商用もかねて、宮崎までゴルフに出かけた帰りであった。

羽田空港からこのホテルに直行して、地下の理容室に寄ったという恰好である。

ベッドには、先に英四が上った。蘭子も彼を待たせるようなことはしない。

情事の手順は馴れていた。

ただ、滅多に機会がないだけに、新鮮である。

旅行社で働いている普段の蘭子からは想像もできないような好色の世界がくりひろげられた。

英四が彼女に奉仕すればするほど、蘭子はみだらになった。男がエネルギーを使い果して、充分に満足する女体である。

ベッドを下りるのは、いつも、蘭子が先であった。衣服を抱えて、バスルームへ入る。

その間、英四は必ずうとうとした。

蘭子が出てくると、英四がシャワーを浴びに入った。

ホテルの浴衣をまとって、冷蔵庫の中のビールを飲むのも、いつものことである。

「土曜に、英一に会ったよ」

英四のほうからいった。

「ちょっとみないうちに、また大きくなった」

「四月から幼稚園ですもの」

髪をまとめながら、蘭子が答えた。

「この前、お話ししましたけれど、近所の幼稚園へ入園手続きをすませました」

「三年保育だな」

ビールを飲みながら、英四が考えるふうであった。

「幼稚園は仕方がないが、小学校からは一流をえらばないといかん」

彼も、それを考えていてくれたのかと、蘭子は嬉しくなった。

「妹にもいわれました。男の子ですから、最初から方針を決めないと……」

「なんとか俺の母校へ入れたいが……」

K大であった。

小学校から大学まである。

「片親では無理でしょう」

小さく、蘭子がいった。

「まして、英一のような場合……」

「そのことだが、まず認知をしておけと、いわれたよ」

友人がK大の教授をしていると英四はいった。

「お訊きになりましたの」

「それとなく、他人のことのようにして訊いてみた」

「認知して下さいますの」

「今は、無理だ。しかし、女房の父親が死ねば、かなり、らくになる」

「会長ですか」

英四は、戸籍上は鶴賀百貨店の会長の一人娘を嫁にもらったことになっているが、立場からいえば養子のようなものであった。

妻の真理子の父親である、浅野善次が健在なうちは、迂闊なことはできかねる。

会長夫人の伸枝と、旅行の打ち合せのために高輪の屋敷へ訪ねて行った時に、会長である浅野善次に挨拶をしたことがある。

「会長はお元気ですわ」

「お年だって、まだ六十四歳でいらっしゃいましょう」

伸枝から、五歳年上だと聞いて計算していた。

「この節は、八十歳、九十歳まで長生きなさる方だって少なくありませんのに……」

鶴賀百貨店の会長なら、秀れた医者がついているに違いない。

「会長夫人のお話ですと、定期的に検査をお受けになっていて、血圧が少々、高いくらいで、どこも悪くないとか……」

「その通りなんだがね」

一本のビールをあらかた飲んで、英四が顔をしかめた。

「会長が生きている間は、まずい」

「それじゃ、英一はどうなりますの」

我ながら情ない声が出た。

「もし、会長が八十歳、九十歳まで長生きなさったら、英一は大学を卒業しても日蔭者のまんまですわ」

「そうならないようにしたいと思っているのだが……」

ビールのグラスをおいて、ワイシャツに着がえ出した。時間を気にするふうである。

蘭子は慌てて早口になった。

「妹が心配して、もしも、いつまでも今のままなら、英一がかわいそうだから、自分達の養子にしてもいいといい出していますの」

「妹夫婦の養子か」

ボタンを留めながら、英四がいった。

「それも一つの手だな」

「私はいやですわ。妹に英一をとられたようで……」

「あくまでも、戸籍上のことだ。それも、いずれは訂正する」

「そんなことができるんですか」

「弁護士と相談してみるよ」

ハンガーから自分で上着を取り、ズボンをはずした。

「どんな方法でもいい。とにかく、浅野家の人間が死んでくれなけりゃ仕方がない」

会長と会長夫人と、その娘と、

「誰か一人でも死ぬと、様子が変ってくるんだが……」

身支度がととのうと、英四は軽く、蘭子の肩を叩いた。

「それじゃ、また、連絡するよ」

「待って下さい」

別れは、いつもあっさりしたもので、それに馴れていた蘭子だったが、今日はそのことにまで抵抗があった。

「イベントの船旅ですけれど、社長もいらっしゃるのでしょう」

「ロスには行くよ。しかし、船旅までつき合えるかどうか。仮に行ったとしても、船の中で君とデイトはできないよ」

「それは、わかっています」

「英一の養育料の振込みを、今月から今までの倍にする。幼稚園へ入ったりして、なにかと入用も多いだろう……何分、よろしくたのむよ」

英四の姿がドアの外へ消えてから、蘭子は鏡の方の椅子へ腰を下した。

化粧を落してしまった顔が蒼(あお)かった。

英一の認知は当分、無理なのだろうと思った。

会長も、会長夫人も、社長夫人もぴんぴんしている。

病気のほうが、彼等を避けて行きそうであった。

ハンドバッグをひきよせて、鏡にむかって化粧をした。

それからベッドを直す。

部屋を出て、エレベーターで一階へ下りる。

フロントに鍵をあずけて外出するふうに装った。

荷物がないので、チェックインする時に、あらかじめ一泊分の料金を支払っていた。それに、どっちみち、今夜はここへ戻って来て泊るつもりである。英四とのデイトの時は、いつもそうしていた。

地下鉄で日比谷の旅行社へ戻る。

そのまま、上司のデスクへ報告に行った。

「実は、福岡から出て来ていらっしゃるお客様が……七十歳を超えていらっしゃる御婦人なのですけれど、風邪をひいておしまいになって……熱が少し高いんです。それで御高齢のこともあって心細がっていらっしゃるので、私、今夜、そちらのお泊りのPホテルへ泊ることにしました。明日、お帰りになれるようなら、羽田までお送りしたいと思いますので……」

上司の石田一郎は蘭子の言葉を疑わなかった。

彼女が自分の客に対して、サービス精神が旺盛なのは知っている。

「そりゃあ大変だが、まあ、お年寄りならそうしてあげたほうがいいだろう」

自分のデスクへ戻って、蘭子は武蔵境の自宅にも、全く同じ内容の電話をした。

これで、今夜は堂々とホテルへ泊れるし、明日のチェックアウトにも問題がない。

「ああ、そうだ。牧野さんに、さっき、電話があったのよ」

向い側の席から三木勝枝がいった。

「メモしておいたけど……駒沢佐知子さん……お帰りになったら、電話して下さいって……そこに電話番号、書いといたわ」

「どうも、すみません」

メモを受け取りながら、説明した。

「この方、鶴賀百貨店の会長夫人の服を作っている井上由紀夫さんのアトリエの人なの。この前、高輪のお宅にうかがった時、会長夫人のイヴニングの仮縫いに来ていて……」

「それじゃ、きっと、船旅用のイヴニングのことかなんかじゃないの」

「多分ね」

メモに書かれた電話番号は、井上由紀夫のアトリエのようであった。

駒沢佐知子の声は、若い女にしては暗かった。

「申しわけございませんが、至急、御相談申し上げたいことがございますので、お目にかかれますでしょうか」

丁寧にいわれて、蘭子は、いつでもどうぞと答えた。

「何時でもよろしいのでしょうか」

「ええ、何時でも……」

「夕方でも……たとえば、六時とかでも」

「六時でしたら、私、今日、芝のPホテルへ参りますので、そちらの一階のティールームでは如何でしょう」

「ありがとうございます。六時に参ります」

また一つ、都合のいいことになったと蘭子は思った。

Ｐホテルを英四との情事に利用した時は、なるべく、ツアーコンダクターとしてお客に会うような仕事を、Ｐホテルのロビイやティールームで行うことにしていた。それが、少々でも、カモフラージュになるのではないかと考えている。

六時少し前に、蘭子はＰホテルへ戻ってフロントから鍵を受け取り、ティールームで駒沢佐知子を待った。

彼女が来たら、彼女の兄の駒沢昭彦について訊いてみたいと思った。どっちにしてももう結婚して、幸せな家庭を持っているに違いない。この前は、それを聞くのが少しばかりつらい気がした。が、今日は訊いてみるつもりになっていた。

六時を少し廻った頃に、駒沢佐知子は息を切らして、ロビイへ入って来た。そこからティールームをみて、蘭子の存在を確かめると遠くからお辞儀をし、いそぎ足で近づいて来た。

「申しわけありません、お待たせして……」

「いえ、私も今、来たばかりなので……」

席を勧めていった。

「よろしかったら、ここ、軽いお食事ができますの。私も頂きますから……」

佐知子は辞退したが、蘭子は結局、ビーフカレーを二人前とコーヒーを注文した。

「私に御相談って、なんでしょう」

「浅野様の若奥様から、お電話がございませんでしたでしょうか」

「いえ、別に……」

「私に……船旅のお供をするようにとおっしゃいましたので……」

「あなたが……」

「はい、旅行中、ドレスの始末をしたり着付のお手伝いをしたり、お身の廻りのお世話をするためです」

「あちらのお手伝いさんの柴田さんはいらっしゃらないのですか」

外国旅行の場合、会長夫人も社長夫人も荷作り一つ、自分ではできないので、必ずお供が一人、ついて行く。

ホテルへ到着するたびに、スーツケースをあけて、ドレスをハンガーにかけ、皺になったものはアイロンをし、洗濯の必要なものは自分の部屋へ持って行って始末をする。和服の着付から帯を締めるのまでやってのけて、ディナーやパーティが終ると、着がえを手伝い、着物や服をたたんで、移動の際はスーツケースにおさめる。

要するに、寝る時以外はいつも傍にいて、水だ、薬だ、ハンドバッグだとこき使われるのが役目であった。

「柴田さんは船が駄目なのだそうです。以前、奥様方が船にお乗りの時にお供をした方は、もう、やめてしまわれたので……」

「それで、あなたに……」

「井上先生に、お話が来たそうです。誰かドレスの始末をするために、伴れて行きたいからと……」

「井上先生も、お困りになったでしょうね」

大事なお得意とはいえ、アトリエの使用人を無料で貸し出すことになる。

「浅野様のほうから、和服の着付もできる人をといわれて……私がお供することになりましたのです」

ついてはパスポートもないので、その手続きやら、必要なものを教えて欲しいと駒沢佐知子は少々、興奮した様子で話した。

「わかりました。そういうことは、私共の仕事ですから、なんでもおっしゃって下さい」

今は、外国旅行のお供ができると張り切っているこの娘が、実際、旅に出てみると、二人の主人に追い使われて観光も自分の買い物も、なに一つ、自由にならないで、ひたすら、雑用にきりきり舞いするのだろうと、蘭子は少々、気の毒になりながら、メモを出して、取りあえず、佐知子のほうで用意するものを書いてやった。

「外国旅行用のスーツケースはレンタルのがありますし、御自分のためにお持ちになる品物などは、パンフレットになっているのがございますから、明日、会社から送らせて頂きます」

蘭子の説明を、佐知子は顔を赤くして熱心に聞いている。

ビーフカレーを食べ終るまでに、旅行についての話は終った。

「失礼ですけど、佐知子さんは、まだお独りですか」

やや、くつろいで、蘭子は訊ねた。

「はい」

「それじゃあ、お兄様と御一緒にお暮しですの」

「いえ、一人です」

「昭彦さんは、どちらに……もう、御結婚なさったのですか」

「いえ、結婚していません」

「では、転勤なさって……」

一流ではないが、商社につとめていた筈である。

「今、行方がわかりません」

佐知子の口から思いがけない言葉がこぼれ出て、蘭子は耳を疑った。

「なんですって……」

「暫く、外国を廻って、仕事を探してみるという手紙をくれて……西アフリカからです。それっきり、日本へ帰って来ません」

彼の働いていた商社の仕事で西アフリカへ行っていたと、佐知子は話した。

「くわしいことはわかりませんが、受注に失敗したらしいのです。それで、会社に辞表を出して、そのまま、どこかへ行ったのだろうということでしたが……」

西アフリカで一緒に仕事をしていた人からは、遠洋航海の外国貨物船に乗って行った
と教えてもらったきりであった。
「手紙も来ませんし……親類の人は、どこかで死んでしまったのではないかなどといい
ますけれど……」
佐知子の声が細くなった。
その時、蘭子は耳の中で、最後に別れた時の、駒沢昭彦の言葉が甦るのを感じた。
「僕は、多分、日本でないところで、野垂れ死にをするだろう。絶対に、君の目に触れ
ることのない、死んだということすら、耳に入らないような……そういう死に方をする
と思うよ」
明るく、暖かいホテルのティールームで、蘭子の周囲だけがひんやりしたようであっ
た。

第四章　乱気

鶴賀百貨店会長、浅野善次の北鎌倉の邸宅の庭は、紅椿が満開になっていた。

その、やや池よりの場所に、白椿も咲いているのだが、鮮やかな紅の色に圧倒されて目立たない。

浅野善次は、紅椿のよくみえる居間で、二時間にわたって、倉田章三から、或る報告を聞いていた。

倉田章三は、善次の妻の伸枝の弟に当る。

鶴賀百貨店の大阪支店長でもあった。

日曜日に、義兄に当る浅野善次を訪問した倉田章三の用件はプライベートなものではなかった。

大阪支店長として、会長に密告に来たものである。

「そうすると、社長は六月の人事で、神戸支店長に、田畑正己を任命しようというわけか」

善次が茶碗に手をのばし、倉田は慌ててポットのお湯を急須に注いだ。

家人を遠ざけての座談の時には、お手伝いにお茶を運ばせることをひかえるために、テーブルの上にポットと急須が用意されている。

「会長、熱いのと、とりかえましょう」

案外、器用な手つきでお茶を入れて、倉田は勧めた。

今年五十一歳、ずんぐりした体つきだが、肌の色が女のように白い。いつも、とぼけたような表情をしているところから、支店ではスノウボーイ（雪だるま）とかげぐちを叩かれている。

「田畑正己は、社長にとって血を分けた甥かも知れませんが、弱冠三十五歳です。まだ、支店長への抜擢は早すぎます」

「社長は、なんといっているのだね」

「田畑君の仙台支店における実績を高く評価しています。これからは若者の時代、つまり、若者にターゲットをしぼらなければならない、従って、売る側のリーダーも若返りが必要だと……」

「若者にターゲットをしぼるのは、今に始まったことじゃない。しかし、鶴賀百貨店のお客様は若者だけじゃない。早い話がロールスロイスを十代の坊やが買うか、一千万円以上もするロシアンセーブルのコートを、二十代の娘が着るか」

「お言葉を返すようですが、社長は、そういうのは、ひとつまみの例外だとおっしゃるのです。そんなものをあてにして商売は出来ないと……」

「そりゃそうだが……」

善次が苦い顔になった。

「鶴賀百貨店はスーパーマーケットじゃないんだ」

倉田が我が意を得たりと大きくうなずいた。

「その通りです。社長の今回の人事が成功すれば、鶴賀百貨店は、スーパーＹＯＵの後(こう)塵(じん)を拝することになります」

スーパーＹＯＵというのは、関原英四の父親が創始した全国ネットの大スーパーチェーンの名称であった。

名古屋を中心に発展した、そのネットワークは東北から九州、四国にまで広がっている。

いわゆる若者にターゲットをしぼり、日用雑貨は無印商品など格安でシンプルなものを揃(そろ)える一方で、服飾(ふくしょく)などのお洒落(しゃれ)な部分では若者好みの高級ブランド品を豊富に品揃えした。食品も、若者のグルメ嗜好(しこう)に合せて安くて旨(うま)いもの、気のきいたもの、手軽なものを宣伝している。

現在は、英四の長兄が社長を継いでいるが、これが、父親以上の辣腕家(らつわんか)でスーパーＹＯＵの快進撃は、どこまで続くかわからないといわれている。

勿論(もちろん)、スーパーＹＯＵの進出した地方都市のデパートが受けた打撃は少なくない。

もともと、浅野善次が娘の婿に、関原英四を決めた一つの理由は、やや、沈滞気味の鶴賀百貨店の昔ながらの商法に、スーパーYOU方式ともいうべきものを導入したい気持があったからだったが、当然、生えぬきの鶴賀百貨店幹部には、スーパーYOUは他国者の侵略のような気持がある。

社長の関原英四にしても、それではやりにくくて仕方がないから、義父の代からの古参の重役よりも、自分の代で入社して来た若い社員を抜擢し、いわゆる新しい側近作りに熱心にならざるを得ない。

田畑正己は、その英四にとっては姉の息子であり、彼が大学を卒業すると同時に鶴賀百貨店へ入社させて、はやばやと登用し、実力をつけさせた。

「わたしが心配しているのは、今のままですと、社長と田畑正己を中心にして、我が鶴賀百貨店のニューリーダーは、全員、スーパーYOU寄りになってしまうことです。なりふりかまわぬ商売は、鶴賀百貨店の品格を傷つけます」

考え込んでいる善次の表情をうかがった。

「わたしだけではありません。会長のお引立てを受けて来た生えぬきの社員は、会長をないがしろにするような社長の人事に内心、腹を立てています」

善次が顔を上げた。

「わたしは人事権のある会長だ、なにもかも社長にまかせているわけではない」

「社長は、会長をけむたがっておいでのようです。機会があれば、会長を人事権のないお飾りものにしたいお考えのようですよ」

「あいつに、なにが出来る」

老人の顔が赤くなった。

「たかがスーパーに、鶴賀百貨店を乗っとられてたまるか」

倉田が内ポケットから封筒を出した。この部屋へ通ってから、いつ、それを取り出そうかと、機会を待っていたものであった。

「この前、御依頼を受けました社長の身上調査ですが、漸く、尻尾をつかんで来ました」

「女がいたのか」

「居りました」

「どこの女だ。花柳界か、それともバアか」

「水商売ではありません」

「うちの社員か」

「いや、そうではありませんが……」

封筒の中から調書だけを取り出して渡した。

善次は、すぐに老眼鏡をかける。

「牧野蘭子……」

「そこに書いてありますが、M旅行社の社員です。ツアーコンダクターをしていまして、たしか、会長夫人や真理子さんのお供をして外国へ行っている筈です」

「あの女か……」

「御存じですか」

「会ったことはあるよ」

「度胸のいい女です。社長と、そういう関係にあって、会長夫人とも社長夫人とも平然とつき合っているわけですから……」

「いったい、いつからなんだ」

「どこで社長と知り合い、いつから、そうなったかは、わかっていませんが、彼女の三歳になる息子は、どうも、社長の子供のようですよ」

「なに……」

「牧野蘭子の家は武蔵境にあります。中央線です。社長のお宅は久我山です。時折、社長は散歩と称して、井の頭公園へ行かれるそうですが、そこに女が子供をつれて来ています。つまり、そういう形で、親子の対面をやっているんです」

善次が、老眼鏡をはずした。

「子供の認知はしていないのだな」

「まだです。けれども、調査員の話では、まず、社長の実子に間違いはなかろうと申しています」

三年前に、牧野蘭子は築地(つきじ)の病院で子供を産んでいる。

「子供の名前が英一というのです」

英四の英を、もらったと考えていい。

「社長のプライベートな支出のほうから、毎月、女に送金があり、その名義は牧野英一になっています」

「どこで会っているんだ」

「女とは、おそらく都内のホテルでしょう。つい先だっても、宮崎のゴルフの帰りに、芝のPホテルで、女と会ったことが報告されています」

善次が、再び、老眼鏡をかけ直して、もう一度、書類を眺めた。

「昼間だな」

「運転手の話では、Pホテルの地下の理髪室へ寄るということだったようです」

サイドテーブルの上の電話のダイヤルを善次が回した。

東京の高輪の家である。

「真理子は来ているかね」

お手伝いが、なんと返事をしたのか、傍にいた倉田には聞えなかったが、やがて、受話器のむこうに、真理子が出たらしい。

「英四は久我山か……なに、ああ、ロスへ行ったんだな。うっかりしていたよ。ところで、彼の行きつけの床屋を知っているか。いやいや、たいしたことじゃない。鎌倉の床屋が、どうも気に入らなくてね——お母さんか、お母さんには用はないよ。どうせ、芝居をみたら、こっちへ帰ってくるんだろう。ああ、それじゃ切るよ」

受話器をおいて、倉田の顔をみた。

「Pホテルの理髪室は、英四の行きつけだとさ」

「そうですか」

「ロスには、誰がついて行ったんだ」

「石井常務と、秘書の今井だと思います」

「この女は一緒じゃないのか」

「念のため、昨日、M旅行社に電話をしてみましたら、在京してました。社長のことですから、そんな軽はずみはなさらんでしょう」

「真理子も全く気がついていない。もっとも、あいつは、亭主に関して、のんびりしすぎている」

「社長の用心ぶりは相当のものですよ。井の頭公園で、それとなく子供に会うなんていうのは、並大抵の心くばりじゃありません」

調査書を読み返している会長を眺めた。

「真理子さんに、おっしゃるつもりですか」

「いや、女どもには、もう少し、内緒にしておこう」

「それがよろしいかと思います。真理子さんも、姉も、感情を抑えることが出来ませんから……」

「子供までいるとなると厄介だな」

本妻である真理子との間には、一人もいない。

「素人娘じゃ、英四としても、単なる浮気ですまされんだろう」

「会長は、上杉商事の、例の娘をおぼえていらっしゃいますか」

　やや、いいにくそうに、倉田が切り出した。

「上杉商事か……」

　十五年前に倒産した商事会社であった。

　規模としては、そう大きくはなかったが、老舗（しにせ）であった。

　倒産した時の若社長の上杉宗太郎というのが、関原英四の大学からの友人で、その妹と英四との間には、口約束だったが婚約のようなことがあった。

　たまたま、鶴賀百貨店の浅野善次から娘の婿にと懇望（こんもう）されて、関原英四は浅野真理子と結婚した。

　そのあと、上杉宗太郎の妹が自殺したのを善次は知っている。

「上杉の妹と、牧野蘭子は、どことなく似ているそうですよ」

「誰が、そんなことをいった」

「田畑正己が側近に話したそうです。彼は母親から聞いたそうですがね」

「英四の女のことを、田畑は知っているんだな」

「社長の側近の何人かは、承知しているようですよ」

　倉田章三が帰ってから、善次は自分で書斎の戸棚の中に整理してあるアルバムを出して来た。

妻の伸枝と、娘の真理子が外国旅行に出かけた時の写真をまとめたアルバムであった。

その多くの枚数の中に、牧野蘭子も一緒に写っているのが、みつかった。

善次が記憶しているのよりも、つくづく写真をみると、はるかに美人であった。

旅先ということもあって、化粧もなく、平凡なスーツを着ているが、ごてごてと飾(かざ)り立てている我が娘よりも、女らしく、魅力的である。

上杉宗太郎の妹の顔というのは、善次の記憶になかった。

だが、英四の姉が、似ているというのなら、その通りであろう。

英四は倒産した上杉商事の娘を捨てて、鶴賀百貨店の一人娘の婿になった。

それは勿論(もちろん)、英四の父親や、スーパーＹＯＵの当主である長兄の強いすすめもあったに違いないが、決断したのは英四自身である。

男としての将来のために、恋人を捨て、その恋人が自殺した。

歳月を経て、英四はその恋人に面ざしの似た娘と関係を持ち、そこに男児が出生している。

これは考えねばならなかった。

英四が、善次の娘の真理子に惚(ほ)れて夫婦になったとは思えない。

いうまでもなく、政略結婚であった。

それに、父親がみても、真理子は出来のいい女房ではない。

我儘(わがまま)で勝気で、なにかにつけて夫を馬鹿にしている。することなすこと、可愛気(かわいげ)のある女とはいえない。

英四が、そんな女房に我慢しているのは、彼女が鶴賀百貨店の会長の娘であるからだ。会長である善次の力がなくなれば、英四は万事、自由になる。

彼は鶴賀百貨店の社長であった。

現実に、今日、倉田章三が訴えたように、鶴賀百貨店では、だんだん、関原英四の息のかかった社員が増えている。それらの地位は年々、上がって、間もなく鶴賀百貨店の中枢は彼らによって占められるだろう。

真理子が、もう少し、賢明ならと善次は眉をしかめた。

女でも、聡明で人望があれば、一国一城の主になれない時代ではなかった。

むしろ、現代では女社長というのは、会社の宣伝のためにも悪くなかった。

経営のほうは、しっかりした補佐がついていればなんとでもなる。

必要なのは、人の上に立つ器量と決断力であった。

そんなもののかけらも、真理子は持ち合わせていない。

あれの母親がその通りだと善次は思った。

贅沢と浪費の他に趣味がない。性格は尊大で気分屋であった。

そうした浅野家の女たちにくらべて、善次が、ふと思い出す顔があった。

いや、長いこと忘れていて、たまたまこの頃、なにかにつけてふと思い出す女性の顔であった。

善次の異母妹である。

父親の浅野善太郎が、秘書の女に手をつけて産ませた娘であった。

雪子という、その秘書から生まれた異母妹は、愛子といった。

何度か、父と一緒に、善次は異腹の妹に会った。

愛子は、その名前のように、子供の時から愛らしかった。ものおじしないで、善次になついた。

或る時、なにかゲームをしていて、善次は妹に負けた。癇癪をおこして、愛子の大事にしていた人形の首をひっこぬいた。

さぞかし、あとから父に叱られると思っていたのに、案に相違して父は、なにもいわない。

おそるおそる、愛子に訊いた。

「いいつけなかったのか」

愛子が微笑した。

「妹が、お兄ちゃんをいいつけたら、いけないでしょう」

善次は、その日、夢中になって人形の首を元に戻した。

それは、少年の手に余る厄介な仕事だったが、善次は苦労して、それをやりとげた。

「お兄ちゃん、ありがとう」

と泣きながら胸にすがりついて来た愛子を抱きしめた時の、甘酸っぱい幸せな気分を、今でも、善次は忘れることができないでいた。

あれは、善次にとって初恋だったのだと思う。

だから、後に愛子が長井周一という男の許に嫁ぐときいた時、善次はひどく腹を立てた。

自分の大事なものが、他の男によって汚されたようで、憤りは体の深いところからこみ上げて来て、どうにもならなかった。

愛子が結婚して、善次は彼女の夫である長井周一に対して、憎しみを持った。

しかし、父の善太郎が生きている間は、長井周一は、よく鶴賀百貨店に出入りをしていた。

彼は美術商で、銀座に店をかまえていた。

長井美術は、鶴賀百貨店の美術部仕入れ部門を担当し、年に一度、パリやニューヨークを廻って仕入れて来た絵画を、鶴賀百貨店で、展示会を催して、売りさばくまでになった。

浅野善太郎は美術が好きだったし、この妾腹の娘の婿を信頼して、なにかと力になってやっていたが、それが、善太郎の正妻の芳子には面白かろう筈がなく、今から五年前に善太郎が八十四歳で病死すると、直ちに長井美術に対する迫害が始まった。

そして、善次も、その母の意に従った。

長井周一に、絵の買いつけを命じて、大規模な仕入れをさせておいて、その絵画がすべて気に入らないという理由で展示会を中止し、長井美術の出入りをさしとめた。

そればかりか、今まで長井美術が納入して鶴賀百貨店があつかっていた美術品のすべてを返却し、支払いを停止した。

つまり、帳簿（ちょうぼ）上はすでに購入して、支払うばかりになっていたものに対してまで、白紙に戻すという乱暴なことまでやってのけたのであった。

長井美術は、鶴賀百貨店と手が切れたことで社会的な信用を失い、商売に行きづまった。

そうした心労が重なったせいか、長井周一は心臓発作で急死した。

善次にとって計算違いだったのは、長井周一が死んで間もなく、愛子も同じように心臓病で世を去ったことであった。

少年の日からの大事な宝物を、他人に奪われて逆上した男は、ここにおいて、その宝物を永遠に失ってしまった。

そういえば、愛子が死んだのは、今頃だったと、善次は庭の紅椿に目をむけた。

花の好きな妹であった。

一緒に遊園地へチューリップを見に行ったのは、愛子が女学生の頃だったと思う。

花よりも美しく可憐（かれん）だった妹と歩いていると、まわりがなんとなく愛子をふりむいてみるのが、善次にとって、まことに誇らしかった。

この美少女は、俺の妹なのだと、大声でどなって歩きたい心境だったと思う。

いってみれば生涯の恋人を、善次はその夫を憎むあまりに、苦しめたあげく、死なせてしまったのであった。

行きがかり上、葬式にも行けなかった。

その後の長井家については、母の厳命もあって、一切のつき合いを断ったままである。が、その母も、もう死んだ。

長井家の墓は、代々木公園の近くの寺にあるとは聞いていた。

愛子には、たしか二人の娘がいた筈である。

両親の死後、その子供たちはどうしているだろうと思った。

長井家には、少々の遺産があった筈だから生活に困るということはあるまいが、寂しい日常に違いない。

どうしているだろう、などと、長井家の遺族に対して考えるのは、愛子が死んでから初めてのことであった。

たまたま、倉田から英四の愛人のことなど聞かされたせいかも知れない。

次の週に、善次は会社へ出たついでに、鶴賀百貨店の美術部の仕入部長を呼んだ。

最近の美術の売り上げなどを訊ねたあとで、さりげなくいった。

「長井美術のことだが、あの遺族はどうなったか知らないか」

仕入部長は不思議そうな顔をした。

長井美術の銀座の店は、とっくに人手に渡っている。

「存じませんが……なにか……」

「いや、いいんだ」

長井家の代々木八幡の住所は知っていた。その菩提寺も近くにあるときいたおぼえがある。

その土曜に、善次は一人で鎌倉の屋敷を出た。

休日なので、運転手は来ていない。

妻と娘は、知人の招待で伊豆へゴルフに出かけていた。

「散歩がてら、ぶらぶらして来る」

お手伝いには、それだけいって表でタクシーを拾った。

代々木公園の近くの長井家には、父が在世の時分、心にもなく、使いに来たことがある。

しかし、久しぶりに行ってみると町は随分、変っていた。

マンションが建ち、ビルが増えている。

周囲が新しい建物になってしまった中に、長井家は昔のまま、古びていた。

以前はそれなりにきれいな日本家屋だったのが、荒れてみすぼらしくなっている。

表札は、長井、となっていた。

遺族は、まだ、ここに住んでいると思い、善次は呼び鈴(りん)を鳴らしたが、返事がない。

戸には鍵が下りていた。

留守(るす)かと思った。

予告もなしに来たのだから、留守でも致し方なかった。

第一、善次は遺族に会う心がまえをなんにもしていなかった。

長井周一の娘たちは、自分の両親がなぜ、急死したかを知っている筈であった。

無論、鶴賀百貨店との関係も、浅野家とのつながりも、両親から聞かされているだろう。

その娘たちの前に行って、自分はなんというつもりだったのかと、善次は今更ながら苦笑した。

もしかしたら、塩をぶっかけられるかも知れない。

「失礼ですが……」

声をかけられて、善次はふりむいた。

近所の主婦だろうか、手に買い物籠(かご)を下げている。

「長井さんへいらしたんですか」

善次は、慌ててうなずいた。

「留守のようですが……」

「美希子さんなら、お墓まいりですよ。今日はお彼岸で……さっき、お花を持って出かけて行きましたから……」

「寺は、どちらでしょうか」

「ここをまっすぐに行くと煙草屋があって、そこを右にまがると坂があります。坂を上り切ったところがお寺さんで、墓地は左手にありますから……」

「どうもありがとうございました」

教えられた通りに、善次は歩いた。

天気がよく、背広の上着を脱ぎたいような暖かさであった。

寺の境内には、自家用車が何台かとまっていた。

お彼岸だけあって、墓参の人々が目立つ。

善次は、墓地の入口に立って、見廻(みまわ)した。

それほど広い墓地ではない。

犬が二匹、すわっているのがみえた。

若い女が線香に火をつけている。

善次は、息をのんだ。

愛子が、そこにいると思った。

なつかしい、やさしい愛子の笑顔が二匹の犬にむかって、なにかいっている。

あれが、愛子の娘に違いなかった。

似ている。

背恰好、頭の形、肩から背中へかけての柔らかな線、ちょっと首をまげて、なにかしている動作。

どれも、善次の記憶の中にある愛子、そのままであった。

惹かれるように、善次は、娘の近くに寄った。

犬がふりむき、立ち上がった。

それで、娘も善次をみた。

驚きと恐怖が娘の顔に浮んだ。明らかに、善次を知っている表情である。

犬が娘の前に寄った。善次へむかって激しく吠える。

墓地へ来ている人が、いっせいにこっちをみるので、善次は困惑した。

「ごめんなさい。まことにすまない。なんといってよいか、わからないが……その……わたしは……お墓まいりに来たのですよ」

娘が唇を一文字に結んだ。

愛子が、むかしそんな顔をしたと思い、善次は胸が熱くなった。

「あなたは、わたしに腹を立てているだろうね。今更、なんで墓まいりに来たと……その通り……わたしは、ここへ来れた人間じゃない……けれども……詫びてすむことではないが、わたしは詫びに来た……あなたのお母さんが……なつかしくてたまらなくなった……わたしのたった一人の妹だった……愛子の墓まいりに……」

娘が犬を制した。

「鶴賀百貨店の会長さんですね」

静かな声であったが、動揺していた。

「わたしは、あなたのお母さんの兄だ」

「私は、会長さんを、母のお兄さんとは思いません」

「すまない。そういわれて返す言葉はない」

「おまいりしないで下さい。このまま、お帰り下さい」

「お願いだ。わたしも年をとった……いつ、なにがあるかわからない……おまいりさせてくれ……愛子は、わたしにとって生涯で一番、大事な存在だったんだ」

長井美希子は、黙って浅野善次をみつめていた。

理由がわからなかった。

どうして突然、鶴賀百貨店の会長が、こんな所へ来たのか。

わかっているのは、六十なかばの会長が、うすく涙を浮べていることであった。

美希子へ手を合せんばかりに、哀願(あいがん)していることであった。

いいたい言葉を、胸の中におさめて、美希子は、会長のために墓の正面をあけてやった。

おまいりしたければするがいい、といった気持であった。

善次はよろめくように、墓の正面に立った。

合掌(がっしょう)する。

やがて、美希子にその場所をゆずった。

線香を持って、美希子は墓前に進んだ。

花はすでに、挿してあった。

墓には水をかけて、洗い清めてもある。

線香を供えている美希子の後に、二匹の犬は神妙にひかえていた。

墓にむかって、なにかいいたいと美希子は思った。

死んだ父に対して、母にむかって、浅野善次が来たことを、なにか告げたい、なにか訊きたい。

けれども、胸に言葉は浮ばなかった。

ただ、両手を合せ、うなだれただけである。

立ち上がって、美希子は手桶を下げた。

そこに立っている善次を無視して、墓地の道を歩き出す。

善次は、美希子のあとからついて来た。

「あなたは……愛子の……娘さん……たしか二人いるときいたが……」

「私は長女です……妹はニューヨークへ行っています」

「ほう……」

かすかな吐息が返事であった。

美希子が寺の方丈へ行って桶を戻してくるのを、善次は見守っていた。

なにをしても、美希子は愛子に似ている。

愛子そのままであった。

美希子が犬をつれて坂道を下りて行くのに、善次も従った。

彼女にかける言葉もなく、そんな雰囲気でもなかった。
五、六分も歩くと、長井家であった。
門の外に青年が立っていた。

美希子が小さな声を上げて走って行く。

青年がこっちをみた。

どこかでみたような顔だと善次は思った。

よくわからない。

「よかった。お留守かと思いました」

美希子の恋人かと、善次は思ったのだが、青年の言葉は他人行儀であった。

「申しわけありません、お墓へ行っていました」

「お彼岸ですね」

青年が善次に気がついたようであった。

不審(ふしん)そうに、美希子をみる。

「鶴賀百貨店の会長さんです」

やけくそのように、美希子がいった。

「死んだ母は、先代の鶴賀百貨店の会長さんの妾（めかけ）の子でしたから……」

浅野善次は、青年に頭を下げた。

青年が気をとり直したように、会釈（えしやく）を返した。

「失礼しました。わたしはM旅行社の社員です。今日は、こちらに旅行のスケジュール表をお届けに来ました」

紙袋を出して、美希子に渡した。

「スケジュール表とパスポートが入っています。出入国カードはパスポートにはさんでありますので……改めて、お電話をさせて頂きます」

美希子の返事もあっさりしていた。

「どうも、お手数をおかけしました」

「それじゃ……」

青年が会釈し、美希子はさっさと門の中へ入った。

内側から鍵をかけている。

善次は途方に暮れた。

青年がM旅行社と名乗ったのを思い出した。

M旅行社には牧野蘭子がつとめている。

「ちょっと、君……」

慌てて、声をかけたが、青年は聞えないのか、早い足取りで遠ざかって行く。

その背中は、善次を拒絶しているようであった。
門の中では、二匹の犬が善次の様子を窺(うかが)っている。
美希子は、すでに家の中に入ってしまっていた。
春の陽(ひ)の、暖かにさしている路上に、善次は、ぽつんと立っていた。
人通りも、車の通行もない。
どこからか、テレビの音が聞えている。
善次の周囲は限りなく孤独であった。
彼が胃の痛みを感じたのは、その時である。

第五章　立花

東京有楽町にある交通会館の二階で、上杉信吾は、何人かの客のパスポートの受け取りに立ち会った。

馴れている客なら、指定された日に自分で出かけて来て、パスポートを係官からもらって帰るぐらい、なんでもないのだが、今回の鶴賀百貨店のイベントの外国旅行に参加する客の中にはパスポートというものをはじめて見る人もいる。

また、これまでにハワイや香港へ行ったことがあるが、なにもかも添乗員にやってもらったので、今回もやはり万事に厄介にならなければ、なにも出来ないという人種も多かった。

なにしろ、百万円近い旅費を必要とするので、参加者が圧倒的に中高年、或いは老年になってしまう。

その日、上杉信吾がパスポートの受け取りに立ち会った客も、六十代と七十代であった。

で、こまごまと世話を焼いて、エレベーターまで送って行くと、上りだけしかないエスカレーターを長井美希子が上ってくるのがみえた。

上杉はエレベーターへ頭を下げてから、長井美希子のほうへ走って行った。

彼女のほうも、上杉を認めて足を止めている。

「どうしたんですか」

彼女のパスポートは、先週、発行になって、一度、上杉があずかり、出入国カードを作ってから、それらと共に、当人の手に届けている。

なにか不備があったのかと上杉は思った。

「買い物に来ましたの」

長井美希子はまぶしそうな微笑を浮べていた。

「この前来た時は、時間がなくて買えなかったものですから……」

「失礼ですが、なにをお買いになるんですか」

長井美希子が、外国旅行の経験のないことは知っていた。

「おさしつかえなければ、少々のアドバイスは出来ると思いますので……」

いってしまってから、上杉は、後悔した。女性の買い物によけいな口を出したと気を悪くされるかも知れない。

だが、美希子は上杉の言葉に、ほっとしたようであった。

「ありがとうございます。実は上杉さんのお姿をみて、うかがってみようかと思っていましたの」

パナマ運河周辺の地図とか、ガイドブックを探しているのだが、どうもいいものがみつからないといった。

「ここなら、あるかと思って……」

外国旅行用品を売っている店にも僅(わず)かながら外国の地図とかガイドブックがおいてある。

「パナマ運河を中心としたものだと、ここにはないかも知れませんよ」

上杉も、美希子と並んで書棚の前に立った。

「なにしろ、日本では、まだパナマ運河を旅行する客が少ないものですから、ガイドブックなども、つけ足しみたいでして……」

「やっぱり、そうなんですね。本屋さんをみて廻(まわ)ったのですが、大抵(たいてい)、一ページ足らずの記事しか出ていなくて……」

「もし、なんでしたら、地図は僕がニューヨークで買ったのをコピイしてさし上げますよ」

もう一軒の、この階にある書店をみても、彼女が望んでいるものがないとわかってから、上杉はいった。

「その地図は、なかなかよく出来ているんです」

「でも、申しわけありませんわ。おいそがしいでしょうに……」

「コピイを一枚とるくらい、なんでもありませんよ」

エスカレーターを、三人ばかり、上杉が顔を知っている客が上って来た。やはり、今日、パスポートが発行になる人たちで、上杉が立ち会うことになっている。

「二、三日中に、お送りします」

「いえ、頂きに参ります。今、とてもひまですので……」

真面目な表情で美希子がいい、上杉は笑った。

「それじゃ、お電話をしますよ」

客が近づいて来て、上杉は美希子に会釈し、そっちへ歩いて行った。

週末に、上杉は出張で大阪へ行った。

やはり、鶴賀百貨店のイベントであるパナマ運河を越える船旅に参加する関西在住の客のための説明会に出席するためであった。

金曜日の夜、大阪に一泊して、土曜の午前中に東京の本社へ戻ってくると、書類の整理をしていたらしい牧野蘭子が、

「御苦労さま」

とねぎらいの声をかけたあとでいった。

「午前中に、長井美希子さんとおっしゃる方からお電話があったわよ。また、かけますってことだったけど……」

「ああ、どうもすみません」

上杉は先輩に頭を下げた。

「パナマ運河周辺の地図をコピイして送ると約束したものですから……」

時計をみて、上杉は受話器を取った。

長井美希子は、まだ会社にいるかも知れないと思った。

彼女の勤務先は大手の衣料品メーカーである。上杉が持っているリストには、そこの電話番号も記入されている。

だが、電話口に出た男は、思いがけないことをいった。

「長井君は、先月末で退職していますよ」

上杉は絶句し、問い返した。

「お宅をやめたんですか」

「そうです」

「長井美希子さんですが……」

「ええ、そうですよ」

そっけなく電話を切られて、上杉は椅子に腰を下した。

「どうしたの」

向い側から牧野蘭子が、上杉の顔をみている。

「長井さんという人、会社をやめたの」

「そうらしいんです」

「お若い人なんでしょう」

「ええ」

リストに視線を落した。

長井美希子の生年は昭和三十五年である。

「それじゃ、結婚でもなさるんじゃないの」

「ああ、そうですね」

上杉は自分の返事が上の空なのに気がつかなかった。

「鶴賀百貨店のイベントに参加なさるんでしょう。その方……」

「ええ」

「案外、船旅をハネムーンに利用するのかもね」

「そうかも知れません」

牧野蘭子に電話がかかったのが、もっけの幸いであった。

そそくさと上杉は書類を抱えて部屋を出た。

部長への報告をすませて戻ってくると、牧野蘭子の姿はなかった。

土曜のことで、退社時間はもう過ぎている。

机のひきだしから、コピイしておいたパナマ運河周辺の地図を取り出した。それを鞄に入れてから、改めて電話のボタンを押した。

長井美希子の自宅の電話番号である。

「長井でございます」

　という返事を聞いて、上杉は肩の力を抜いた。

「この前、交通会館でお目にかかった上杉ですが、地図のコピイが出来ていますので、これからお届けしたいと思いまして……」

「とんでもありません。頂きに参ります」

「いや、僕の家もそっちの方角なのです。通り道ですので、御迷惑でなければお寄りします。他に、少々、お話ししたいこともあるので……」

　僅かに、美希子は考えている様子であった。

「それでは、お言葉に甘えまして、自宅でお待ちして居ります」

「今から三十分ぐらいでうかがえると思います」

　鞄を抱えて、上杉は席を立った。

　大阪は雨で寒かったが、今日の東京は曇ってはいるものの、平年並みの気温であった。もっとも、風が出ているから天気は崩れる可能性が強い。

　地下鉄で代々木公園に出た。

　風は日比谷よりも強くなっていた。代々木公園のふちを歩いて長井家の前へ来た。

　思いがけなかったのは、門の前に美希子が立っていたからである。

「申しわけありません。お手数をおかけしてしまって……」

　ひょっとすると自分を上へあげないために門の前に出ていたのかと上杉は思ったのだが、美希子は会釈をすると先に門の中へ入った。

「とり散らして居りますが、おあがりになって下さい」

玄関には、小さな志野の壺に、山吹の花が挿してあった。自分の家の庭に咲いたのを切って来たもののようである。

案内されたのは居間であった。

贅沢な調度はなにもないが、暮している人の趣味のよさが窺われるような部屋である。

「遅くなって申しわけありませんでした。大阪へ出張したりしていたので……」

上杉が地図を取り出すと、美希子は頰を赤らめた。

「私、旅行社へ電話をしたのは、地図のことではございませんでしたの。この前、お目にかかった時、私が会社をやめたことをいいそびれてしまったものですから……」

「先月末で退職なさったそうですね」

なんとなく、上杉は部屋を見回した。結婚をひかえているような雰囲気は、この家のどこにもない。

「ちょうど、きりがよかったので……」

美希子はお茶の支度をしていた。

「御結婚ですか」

つとめて、さりげなく上杉がいい、美希子が顔を上げた。

「そんなことを、会社の人が申し上げたのですか」

「いや、そうじゃありませんが……」

「結婚ではありません、そんなあてはありません。強いていえば、旅行のためです」

「旅行というと、パナマ運河の……」

「はい……つとめていて二週間も休みをとるのは、なにかと厄介ですし……」

「しかし、お宅の会社では、鶴賀さんのほうからの押しつけで、何人か参加しなければならないんでしょう」

長井美希子の働いている衣料品メーカーは、鶴賀百貨店へ商品を納入している。その関係で、鶴賀百貨店のイベントに必ず、いくらかの割当てがある筈であった。

「てっきり、僕は、それであなたが参加したと思っていたんです」

「会社では、今度のイベントに参加する者には、内々で二週間の有給休暇を与えることにはしています。でも、私は、これを機会にやめることにしました」

「何故ですか」

旅行社の人間が、客に訊くことではないと思いながら、上杉は訊かずにはいられなかった。

お茶を勧めて、美希子はうつむいた。

「両親がなくなってから、私、とてもイージーな生き方をして来ました。こんな状態で、いくら生きていても仕方がないような、そんな気になっていまして……この際、自分をみつめ直そうと……」

上杉のすわっている位置から、次の間の仏壇がみえた。

「長井さんは、銀座の長井美術のお嬢さんだそうですね」

思い切って、上杉はそのことを口に出した。

「そこの、福喜寺の住職からうかがいました。御両親がなくなって、お一人でこちらに住んでいらっしゃると……」

「はい」

美希子の表情が、やや固くなった。

「御両親がなくなられたのは、いつ頃でしたか」

「店が倒産した翌年でしたので……ちょうど三年前になります。父が先に……続いて母が……」

上杉は緊張した。

「僕は、その頃、ニューヨークへ行っていたので、なにも知らなかったのですが……たしか、長井さんは鶴賀百貨店の会長と縁戚関係におありだったのではありませんか」

「この前、申しましたでしょう。私の母は、鶴賀百貨店の初代社長の妾(めかけ)の子です、つまり、今の会長とは腹ちがいの妹です」

美希子の口調は淡々としていた。むしろ、感情のなさすぎるのが、彼女の心の中を反映しているようである。

「立ち入ったことを、うかがうようで申しわけありませんが、僕が知っている限りでは、長井美術は、鶴賀百貨店の美術部と密接な関係にあった筈です、それが、どうして……」

美希子が正面から上杉をみつめた。

「何故、長井美術が倒産し、その心労で父と母が歿ったかといえば、それは、鶴賀百貨店の会長が、私の父をペテンにかけたからです。浅野家の人々が寄ってたかって、妾腹の娘夫婦とその家族を叩きつぶしたからなのです」

上杉は息を呑んだ。

「しかし、僕がこの前、こちらへうかがった時、おみえになっていたのは、浅野会長じゃありませんでしたか」

あの時、浅野善次は美希子と一緒に、この家へ戻って来た。

「あの人は、今頃になって仏心でも出したのでしょうか、母の墓まいりに来たのです。でも、遅すぎます、あの人がどう思ったところで、私の両親は、あの人のために命を縮めたのですから……」

「美希子さんは……」

うっかり名前を呼んでしまって、上杉は照れた。

「その……僕は、むかし……そうです。ニューヨークへ行く前に、あなたの写真をみせられたことがあるんです」

美希子の顔が赤くなった。

「のびのびと幸せそうに育ったお嬢さんで、こんな人と結婚したら、どんなに温かい家庭が築けるのではないかと思ったものです」

ふっと、美希子の口許(くちもと)がゆがんだ。

「でも、上杉さんはおことわりになりましたわ」

「気がついていたんですか」

意外であった。

「私も、あの時、上杉さんの写真をみせて頂きましたもの」

はじめての見合写真を両親にかくれて何度も胸をときめかせてみつめた日を、美希子は思い出していた。

だが、その見合は写真だけで終った。

「今更、弁解がましいと立腹されるかも知れませんが、あの当時、僕はとても自分の結婚を考える余裕のない状態にいました。それと、あなたが鶴賀百貨店の会長に縁のある一族の娘さんと知って、おことわりしました」

「なぜ……」

驚いたように、美希子が訊(たず)ねた。

「上杉さんも、浅野家の人に怨(うら)みを持っていらっしゃるんですか」

上杉は笑った。

「あの当時は、若かったので……」

「理由を教えて下さい」

「僕の姉が、今の社長、関原英四に失恋したんです。それで、僕もかっかしてました。

しかし、今は、もう、なんとも思っていませんよ」

　沈黙があった。

　美希子が、低く訊ねた。

「その……上杉さんのお姉さまは今……」

「もう歿りました」

「原因は、関原英四ですか」

「どうでもいいことです。僕は、もうこだわっていません。ニューヨークで他人の飯をくっている中に、そんなロマンティックな感情は消えてしまったんです。人間は生きて行くためには、まず食って行かなけりゃなりませんからね」

「鶴賀百貨店のイベントにコンダクターとしてついていらっしゃるのは……」

「偶然です、上司が僕を推してくれたからです」

「でも……」

「もしも、あなたが、僕のことを報復のために、今度のイベントに参加していると思われたとしたら、それは、とんでもない間違いです。姉は姉、僕は僕ですから……」

　美希子が青ざめていた。不安が、彼女をひどくたよりなげにしている。それが、上杉の心を惹いた。

「それが証拠に、僕は、今、あなたが浅野会長の血をひく娘さんだと知っても、全く気になりませんからね。いつでも、あなたと結婚していいような気分なんです」

「上杉さんは、なにをおっしゃりたいんですか」

かすかに慄(ふる)えながら、美希子が呟(つぶや)いた。

「いったい、なんのために……」

「あなたが好きだといいに来たんです。この前、ことわったのは、とんでもない間違いだったと……」

「嘘だわ」

「いや、本当なんだ」

上杉が、美希子の手を取った。

彼自身が、そんな自分にうろたえている。

「あなた、なにか目的を持っていらっしゃる。それで、そのことを私に知られたくなくて……私の口を封(ふう)じるために……」

美希子は声が出なくなった。

いきなり、上杉の唇(くちびる)が美希子の唇を襲ったからであった。

逃げようともがいて、美希子は逆に上杉の両腕の中に抱きしめられた。

上杉に押し倒され、唇が離れた時、美希子は犬を呼ぶことを忘れていた。

裏庭にいる二匹の犬は、美希子が叫べばベランダからとび込んで来る。

だが、美希子は上杉の体の下で、もがきながら声をひそめていた。形の上では抵抗しながら、上杉の思い通りに自分をまかせている。

美希子にとって、はじめての経験であった。

やがて、美希子は自分がなにをされているのかわからなくなった。頭の中が空白になり、体の感覚がなくなっている。

上杉が、いつ自分から離れたのかも知らなかった。彼の手がスカートを直してくれたのにも気がつかない。

意識が戻ったのは、彼が玄関を出て行く物音のせいであった。

体を起すことも出来ないで、美希子は彼の靴の音を耳だけで追っていた。

這(は)うようにして、辛(かろ)うじて玄関へ出た。鍵をかける。

立ち上がって、よろめいた。ベランダの戸にも、裏口にも鍵をかける。

それから、バスルームへ行った。

鏡の中の美希子は死人の顔をしていた。

シャワーを浴びるために服を脱ぎながら、漸(よう)や く美希子は自分が泣いているのに気がついた。

上杉信吾は歩いて東北沢にある自分のアパートへ帰って来た。

いわゆるワンルーム・マンションの間取りである。

台所へ行って冷蔵庫をあけ、缶ビールを出した。ベッドに腰を下して、一息に飲む。

花をふみにじったと思った。

何故、あんなことになったのか、自分でも理解に苦しむ行動であった。

そんなつもりで、長井美希子を訪ねたのではなかった。彼女に或る好意は持っていたものの、乱暴を働こうなどとは夢にも考えていなかった。

どこから、あんなにも逆上したのかと思う。

彼女が、上杉の心の内側をいいあてそうになったからであった。

彼女との見合の話を持ち出せば、当然、そういうことになる筈であった。

そんなことは百も承知している。しかし、上杉としては、長井美希子がどのくらい、自分のことに気がついているか探る必要があった。

パナマ運河を越える船旅に、彼女が参加すると知った時から、その懸念が上杉にあった。

上杉としては、自分の計画を誰にも気づかれてはならなかった。少なくとも、それを実行するまでは、断じて気づかれてはならない。

そのためには、長井美希子の心の中を知る必要があった。

彼女が上杉信吾の正体を知っているか、又、彼女がなんの目的で、あのイベントに参加しようとしているのか、上杉としてはどうしても知っておかねばならない。

けれども、まさか、自分が長井美希子を、こんな形で凌辱することになるとは省みて自分が恥ずかしかった。

あれは、まるで飢えた狼だ。

今頃、美希子はどんな気持でいるだろう。

気をとり直して、上杉はダイヤルを廻した。

「もしもし……」

と、かすれた声が聞えて来た。

「上杉です」

自分の声も、かすれているのに上杉は気がついた。

「一つだけ、君に頼みがある。あのイベントには参加しないでくれ、キャンセルの手続きは僕がしておく」

受話器を置く前に、上杉は美希子が泣いているのを知った。低い嗚咽を彼女は必死になって、押し殺している。

美希子をいとおしいという思いで、上杉は体中が熱くなった。

突然、自分に襲いかかった男に、ただ、すがりついて慄えていた美希子の気持が、上杉の良心に鋭く突きささっている。

ビールの苦さに、上杉は唇をまげた。

日曜日の正午近くに、上杉はドアホーンの音で目をさました。

ベッドから下りると頭痛がする。

「どなたですか」

ドアのこっちから訊ねると、

「牧野です」

特徴のある、ややしめった声が聞えて来た。

「すみません。ちょっと待って下さい」

慌てて服を着ながら、なぜ、日曜日に上司である彼女が訪ねて来たのかと不審に思った。

あたふたとドアを開ける。

「男くさいわね」

牧野蘭子は入ってくるなり、自分でカーテンをひき、窓を開けた。

「あなた、まだ、寝ていたの」

「日曜ですからね」

気がついて、上杉はテーブルの上のウイスキーの瓶を片づけ、湯わかしのスイッチを入れた。

「なんです。いったい」

「しっかりしてよ。今日は鶴賀百貨店の社長と最終的な打ち合せをするんじゃなかったの」

「それは夕方じゃないですか」

夕食を招待されていたのは、旅行社のほうから今回のイベントの添乗員として牧野蘭子と上杉信吾、それに営業部長の大久保が出席することになっている。

「その前に、あなたとまとめておかなけりゃならないことがあるのよ」

牧野蘭子は、テーブルの上に折詰らしいのをおいた。

「どうせ、なにも食べてないんでしょう。一緒に如何……」

笹巻き鮨であった。

「顔を洗っていらっしゃいよ。お茶はあたしがいれるから……」

背中を叩かれて、上杉は狭いバスルームへとび込んだ。

洗面をすませて戻ってくると、梅干しの入った番茶をさし出された。

「宿酔でしょう」

酸っぱい番茶がうまかった。頭痛がゆっくり柔らいで行く。

「なにか、いやなことでもあったの」

自分のためにいれた番茶を手にして、蘭子が、上杉の顔色をのぞくようにした。

「いや、別に……」

「あなた、一人でいつも宿酔になるまで晩酌するの」

くすっと声を立てて笑った。

「大体、普通の人間は、不快なことがあると頭が痛くなるまで飲むんだけどね」

「単にストレス解消のためですよ。独り者のもやもやを吹きとばすのは、ウイスキー一本ぐらい必要ですからね」

「あなたらしくもない。そういう時に、つき合ってくれる女友達の一人や二人、持っておくもんだわよ」

笹巻き鮨を勧められて、上杉は手を出した。

食欲はなかったが、さっぱりした鮨は、なんとか胃に納まってくれる。

「イベントだけど、思った通り、人数は大幅に縮小したわね」

最初は豪華客船を貸切りにしてのイベントの予定だったが、現実には、その半分も客が集まらなかった。

「いくら円高の御時世でも、百万円近くもする船旅に、誰もが参加出来るわけじゃない。むしろ、円高不況のほうが影響したみたいだし」

「しかし、それにしても、これだけのイベントが出来るところが、鶴賀百貨店ですよ」

当らずさわらずの返事を、上杉はした。

「鶴賀百貨店がお客をかき集めたんじゃないのよ。実際に、これだけの商売をしたのはスーパーYOUの力だわ」

蘭子が胸をそらすようにしていった。

「関原社長の御実家ですね」

「社長夫人も会長夫人も、船旅のドレスのことしか考えていないけど、現在の鶴賀百貨店に残っているものは、老舗(しにせ)の看板だけ、そんなもので商売出来る時代はむかしむかしに去っているのに……」

牧野蘭子の、こんなあからさまな鶴賀百貨店批判を聞かされたのは、はじめてであった。

そういえば、今日の彼女はどこかいつもの牧野蘭子ではないと、上杉は思った。

「しかし、牧野さんは社長夫人、会長夫人のお気に入りだそうじゃありませんか」

鶴賀百貨店のイベントだけではなく、夫人達のプライベートな外国旅行の時も、名指されてガイドをつとめているのは、上杉も知っている。

「ごますりも、今回でおしまいよ。きれいさっぱりおしまいにするの」

客のリストを手ぎわよく分けながら、蘭子が思い出したように訊いた。

「上杉さん、大学はK大ね」

「そうです」

「あそこは小学校からあるんでしょう」

私立の名門であった。

「僕は大学だけですが……」

「小学校から入ったほうが、らくでしょう」

「それはそうだろうと思います」

「受験が大変みたいね。幼稚園に入ったらすぐそのつもりで準備しないと……」

彼女が何故、そんな話をしたのかわからず、上杉は内心、首をかしげた。

だが、そんな話をしている蘭子は、どこかおだやかで、優しい表情をしている。

それは、子供のことをあれこれ考えている母親の表情であった。

「上杉さん、子供は好き……」

訊かれて、上杉は苦笑した。

「どうも、子供は苦手です」

「あたしは子供が好きなの、結婚したら、三人でも五人でも、子供が欲しいと思っていたわ」

誰かが、同じことをいったと上杉は思った。

ずっと以前に、誰かが今のようなことを家族に話した。

その時、家族はみんな声をそろえて笑った。

幸せな笑い声が、その部屋に満ちていた。

そして、笑い声の中で長兄がいった。

「久美子は健康だし、母さんに似れば安産タイプだから、三人でも五人でも、子供を産むといいよ」

長兄の名は宗太郎といった。

久美子は姉の名前であった。そして、上杉信吾は兄と姉の会話を傍らで聞いていた。

あれは十五年前、あの時、上杉信吾は十四歳であった。

兄は信吾よりも十五歳も年上であった。そして、花のように美しかった姉は二十一歳だった筈である。

その姉には、まだ結納はかわしていなかったが恋人がいた。

スーパーＹＯＵの社長、関原謙之助の次男で、関原英四というＫ大出の俊英である。

第六章　健弱

五月十日に、鶴賀百貨店のロスアンゼルス店開店三周年のイベントのための第一陣が東京を出発した。

社長の関原英四、社長夫人の真理子、会長夫人の浅野伸枝と、その随行（ずいこう）の人々であった。

関原英四は、その日、いつも通りに出社して、午後三時まで社長室にいた。

「社長、ぼつぼつ、お時間でございます」

秘書に声をかけられて、英四はそれまで話し込んでいた専務の君島に軽く顎（あご）をしゃくってみせた。

「それじゃ、あとを頼むよ」

「承知しました。お気をつけて行ってらっしゃいまし」

老舗（しにせ）の番頭のような口調の君島に背をむけて英四が社長室を出ると、留守番役の重役たちが揃（そろ）って見送りに集まっていた。

すでに、社長が留守になる間のことは、充分すぎるほどの打ち合せが出来ている。

英四にしても、格別、重役達にいい残したこともなかった。

適当な挨拶が乗用車に乗り込むまで続いて、やがて車が走り出した。

「高輪に寄るように……」

英四がいうまでもなく、車はその方角を目ざしている。

芝高輪の会長邸には、英四の妻の真理子が待っていた。真理子の母親である会長夫人も身支度をととのえている。母と娘が、そろってシルクジャージィのワンピースに身を固めているのは、この布地の服は比較的、皺になりにくい利点があるからであった。

英四は居間へ通った。

会長の浅野善次だけがいつもと同じ恰好で湯呑茶碗を眺めていた。部屋の中には、かすかだが、漢方薬独特の匂いがただよっている。

「これから出発します」

会長の前へすわって、英四は形だけの挨拶をした。

「私の留守中は、君島専務が万事、代行することになって居ります。彼の一存で決めにくい問題が出ました場合は、ロスに連絡するか、或いは会長に御相談申し上げるかと存じますので、よろしくお願いします」

浅野善次がうなずいた。

「君は、いつ帰る」

「そう何日も日本を留守には出来ませんが、むこうの株主を招待していますので、船上でのイベントが終り次第、下船してと思って居ります。予定ではサンディエゴで下りるつもりでいますが……」

「そうすると、船中は一泊だね」

「そういうことになります」

ロスアンゼルスを夕方に出港して、早朝にサンディエゴに入港する。

ロスからサンディエゴまで航空機なら四十分ばかりであった。グレイハウンドの長距離バスでも二時間三十分である。

パナマ運河を越える豪華観光船は、そんな距離をゆるゆると運航して、船上では賑やかなオープニングパーティが夜通し催(もよお)されることになっていた。

「すると……」

会長が軽く目を閉じた。

「ロスのイベントが十三日で、十四日の夕方、乗船、出港、十五日にサンディエゴ到着だったね」

「ええ」

「君が帰国するのは……」

「一応、ロスの支店に寄りますので、十六日にはむこうを出ます。成田到着は十七日の午後となりますが……なにか……」

「いや……」

会長が首をふった。

「訊いてみただけだ」

「私たちは今月の末になりますよ。フロリダで少し、静養して来ますから……」

会長夫人の伸枝がいい、会長は苦笑した。

「お前たちは好きなようにするがいい」

「漢方薬ですか」

英四が義父の茶碗の中をのぞくようにした。

「どこかお悪いのですか」

「なに、健康によいというのでためしてみているだけだ。要するに不老長寿の妙薬だよ」

「お父様は漢方薬がお好きだから……」

娘は浮き浮きしていた。

鶴賀百貨店のイベントのための外国旅行も、単なる観光旅行と同じようなつもりでいる。

実際、むこうでのイベントでも、会長夫人や社長夫人は、ただ着飾って挨拶をするだけの役割しか与えられていなかった。

「漢方薬もけっこうですが、医者にも定期的にみてもらって下さい。大事なお体なのですから……」

英四がいった。いわば、義父に対する社交辞令のようなものであった。

会長がいつ、ぽっくり逝ったところで、今の英四はなんの痛痒も感じはしない。むしろ、目の上の瘤が落ちて、ほっとするくらいのものである。

「そりゃ大丈夫だ。きちんとみてもらっているさ。この節六十四歳などというのは、年寄りの部類に入らんそうだ」

秘書が廊下から遠慮がちにうながした。

「只今、交通情報を聞きましたのですが、首都高速がだいぶ混雑しているようなので、ぼつぼつ、出発して頂きたいと運転手が申して居ります」

会長夫人と社長夫人が立ち上がった。挨拶もそこそこに居間を出る。

会長は送らなかった。

高輪の会長邸から成田へ向う乗用車は二台であった。

一台には社長夫妻と秘書が、もう一台には会長夫人と若い女性と見送りの社員が。

「あの女は、新しいお手伝いかい」

車が走り出してから、英四が妻に訊ねた。会長夫人と一緒の車に乗った若い女性である。

「駒沢佐知子さん、デザイナーの井上先生のところの助手よ。付人がわりに連れて行くの。パーティの衣裳の着付なんかに便利だから……」

「成程……」

ベンツの窓から外を眺めた。

「お義父さんは、元気がなかったな」

さりげない口調であった。

「そうかしら、いつもと変らないみたいだったけど……」

「ちゃんと、医者にみてもらっているんだろうね」

「先週、山本先生がおみえになって、翌日だったかしら、病院へいらしたのよ。たまには設備のある病院で検査をしてみましょうって笑ってらしたわ」

「その結果は……」

「どこも悪くありませんって……」

「そりゃよかった」

英四が秘書に声をかけ、小型のテープレコーダーを受け取った。

イヤホーンを耳に入れる。

ロスアンゼルスで、英四が外国人の株主を前にして行うスピーチがアメリカ人の声で録音してあった。

英四は語学力においては、かなりの自信がある。通訳なしで英会話が出来るというのは彼の自慢でもあった。

それだけに発音には神経を使っていた。日本語なまりのある英語なぞは、彼のもっとも嫌うところであった。

成田空港には、今度のイベントに日本から社長に随行する社員がすでに到着していた。

ぞろぞろと社長夫妻を囲むようにして特別待合室へ入る。

そこには旅行社のほうから、今回のイベント担当の石田課長とコンダクターの牧野蘭子、上杉信吾が見送りに来ていた。

「あら、牧野さんは、私達と一緒じゃないの」

社長夫人の真理子がいい、牧野蘭子は小腰をかがめた。

「私どもは、明日、お客様のお供をしてロスへ参ります」

三百人からの参加客であった。

「あちらでお目にかかりますので、よろしくお願い致します」

実際、今日、出発する社長一行にはコンダクターの必要はなかった。

ロスアンゼルス空港には、鶴賀百貨店のロス支店の重役達が勢ぞろいして出迎えに来ている筈であったし、社長夫妻のロスアンゼルス滞在中はその人々がつきっきりになる。

それよりも明日の出発が大変であった。

三百人の客に対して、コンダクターは牧野蘭子と上杉信吾の他に、鶴賀百貨店の旅行部に出向いている田中良明の三人が、世話係として万事、仕切らねばならない。

牧野蘭子が、会長夫人の背後にいる駒沢佐知子に近づいた。出入国カードのサインを確認し、低声で注意を与えている。はじめての外国旅行に出かける彼女への配慮だと、上杉は眺めていた。

やがて出発時刻が近づいて、航空会社の社員が迎えに来た。

上杉が牧野蘭子や石田課長と、社長一行を見送ったのは出発ロビイまでであった。

「私は、飛行機が出るまで念のため、こちらに居ります」

牧野蘭子が、石田課長にいった。

定時に出発する筈の旅客機が、客が搭乗してからエンジントラブル、或いは気象事情などで離陸が大幅に遅れたり、或いは中止になったりすることが稀にだがある。気むずかしい客の中には、そういった場合、見送人が早々と帰ってしまったといって、烈火の如く怒る者があった。

で、牧野蘭子のようなベテランは、必ず見送った客の乗った便が飛び立つまで空港ロビイを動かない。

「それじゃ、たのむよ。僕は家が遠いので、お先に失礼する」

石田課長の自宅は八王子の近くであった。

「上杉さんも、帰っていいわよ」

と蘭子はいったが、上杉は苦笑した。

「僕は別に急ぎませんから……」

ロビイの椅子にかけて、上杉は鞄の中から明日の乗客名簿を取り出した。

アルファベット順に分けてある乗客の名前のNのところを丹念に調べる。

長井美希子の名前は消えていた。上杉が自分でキャンセルしたものである。

「なにをみているの」

牧野蘭子が名簿をのぞいた。

「ひどく気になるみたいね。今日も会社でNのところを探していたでしょう」

「長井という人なんですが、キャンセルしてくれとたのまれて、僕が手続きしたんです。で、間違いがないかどうかと思って……」

「女の人じゃないの」

上杉は、思わず蘭子の顔をみた。

「そうですが……」

「電話がかかって来て、私が出たのよ。長井美希子さん……たしか、そうだったわ」

「彼女、なんといいました」

「旅行をキャンセルした筈ですが、どうなっていますかって……」

「ええ、それで……」

「名簿をみたら、キャンセルになっているから、間違いありません、キャンセルの手続きがしてありますと申し上げましたよ」

「なにか、他に、いいませんでしたか」

「別に、ありがとうございましたって……」

「そうですか、それならいいんです」

蘭子の表情をみて弁解した。

「その長井さんという人は、鶴賀百貨店に納品している業者のほうからのお客なんです。

それで、一度、キャンセルしても、鶴賀百貨店のほうから圧力がかかって、又、考え直すなんてことがないとは限らないと思ったんです。当人もちょっと、そんな意味のことをいっていましたから……」

「そうだったの」

煙草に火をつけながら、蘭子がうなずいた。

「まだ、若い人みたいだったけど……。ミスでしょう」

「と思います」

上杉はとぼけた。

「結婚前の娘さんなら、百万円近くもかけて外国旅行をするよりも、そのお金を結婚資金にしたほうが、利口かもね。お金に不自由のないお嬢さんなら話は別だけど……」

「その通りですよ。若い人には若い人らしい外国旅行のやり方がありますから……」

さりげなく、上杉は調子を合せた。

百貨店のイベント旅行などというのは、所詮(しょせん)、金のある有閑(ゆうかん)マダムが対象になる。贅沢(ぜいたく)なホテルに泊って、高級料理を食べ、最近の円高にあやかって、しこたまブランド商品を買いあさって来ようという女性客で占められているといってもよい。

「でもまあ、近頃の若い女性は、外国旅行を贅沢だなんて思わない人が増えてるみたいだから……」

二十代のなかばのＯＬで、外国旅行のために働いているというのがいる。

「南極、北極以外は大体、行きましたなんていわれると、こっちのほうがひるむわね」

「グアムだのハワイだのは、外国だと思っていない人もいますよ」

「いい御時世になったというべきか……」

蘭子が上杉をみつめた。

「上杉さん、ニューヨークは長かったの」

「日本の大学を出てからですから……」

「ずっとニューヨーク……」

「はあ、あっちこっち、ふらふらしてました」

「西海岸は……」

「あまり行きませんでした」

アメリカの東海岸から西海岸は、ヨーロッパへ行くほうが近いくらいの距離がある。

「船旅の経験は……」

「ニューヨーク支店でバイトをさせてもらっている時、添乗でカリブ海ツアーの船に乗ったことがあります」

「それじゃ立派なものだわ」

「牧野さんの足手まといにならないように、がんばります」

ロスアンゼルス行の便は定時に飛び、上杉は牧野蘭子と成田空港を去った。

翌日、上杉は中型のスーツケースを下げて出社した。

アパートの部屋代はすでに銀行振込みで先払いにしておいた。ガス代も電気代も水道代もおおよそを各々、封筒に入れて管理人にあずけた。

「少々、旅行が長くなりますので……」

上杉の職業を知っている管理人は別に疑いもしなかった。

部屋の中は、すっかり片づけた。

衣類や書籍は、まとめてダンボール箱に入れたし、僅かな食器類も戸棚にすべて収めた。

掃除をすませた部屋には、出がけに花屋から買って来た白いカーネーションを三本、花瓶に挿して机の上においた。

両親の位牌はすでに菩提寺にあずけてある。兄の位牌も、そして、姉の位牌も。

スーツケースの底に持ったのは、家族全員で写した一枚の写真だけであった。

アパートを出る時は、流石に感慨無量であった。

再び、ここへ戻ってくる日があろうとは思えなかった。

ニューヨークから帰って、僅かな歳月だったが、それなりに思い出がないわけではない。

出社して、上杉は自分の机の中をもう一度、確認した。そこも、すでに整理が出来ていた。自分が二度とここへ戻って来なかったとしても、会社に迷惑をかけることはない。

牧野蘭子は正午に出社して来た。

石田課長と食事を一緒にして最後の打ち合せをすませる。

集合場所は東京の場合、箱崎のターミナルと成田の出発便カウンターであった。

その他に、名古屋と大阪から約半数が成田へ来る。こちらは各々に、鶴賀百貨店の社員がついていた。

「それじゃ、あたしは成田へ行きますから、上杉君、よろしくね」

牧野蘭子が石田課長と出発してから、上杉も課長補佐の三木勝枝と一緒にタクシーで箱崎へ向った。

「牧野さんもかわいそうに……」

タクシーの中で、ぽつんと三木勝枝が洩らした。この人の好さそうな中年女は何事も自分一人の心の中にかくしておけない性格である。

「どうかしたんですか」

「坊やが具合が悪いみたいなのよ」

上杉はあっけにとられた。

「牧野さんに、お子さんがいたんですか」

「男の子よ。まだ三つかそこらだそうだけど」

「彼女、ミセスですか」

「結婚してすぐ別れたみたいな話だったわよ。あるいは正式に結婚しなかったのかもね」

くわしいことは自分も知らないと勝枝はいった。

「子供は、あの人のお母さんが面倒みているんだけど……」

「病気なんですか」

「さっき、ちょっと聞いたんだけど、先週から、どうも様子が可笑しくて、目がみえないみたいだっていうのよ」

「目がみえない……」

「近所の病院へつれて行ったんだけど、埒があかなくて、結局、明日、大病院で検査を受けることになったんですって……」

「明日ですか」

「まあ、お母さんも妹さん夫婦もついてることで、心配はないって当人はいってたけど、なんていっても、自分の子供のことだからねえ……」

といって、今更、今回のイベントから下りるわけにも行かなかった。

小さなツアーとは、わけが違う。

「大久保部長も気の毒がってはいるけど、誰かが、かわりにってことも出来ないし……」

「そうでしたか」

「そんなわけで、牧野さん、多少、気もそぞろみたいなことがあるかも知れないから、あんた、しっかりカバーしてあげてよ」

「承知しました」

たしかに、牧野蘭子が、子供の病気を理由に、今度の仕事をことわれない事情はわかった。

彼女は鶴賀百貨店の会長夫人、社長夫人のお気に入りであるし、今度のイベント旅行の旅行社側の責任者であった。

正直のところ、上杉にしても彼女が抜けたら、この大規模なツアーのコンダクターがつとまるかどうか、まことに心細い限りであった。

箱崎には、鶴賀百貨店から旅行部の社員が手わけした恰好で来ていた。ここへ集合する客は八十三名であった。

到着して来る客から荷物のチェックがはじまり、貸切りになっている大型バスに乗り込んでもらう。

八十三名の中に、長井美希子の顔はなかった。

成田空港には六十九名が集まっていた。

名古屋、大阪組は別である。

成田空港の集合客の中にも長井美希子の顔はない。

当然のことであった。彼女はこの旅行をキャンセルしている。

にもかかわらず、上杉は今にも彼女がスーツケースを抱えて、とび込んでくるような気がしてならなかった。

やがて一行はコンダクターに導かれて通関をすませ、ロスアンゼルス行に搭乗する。

この便は殆ど貸切りであった。

客の全員が座席についたのを見届けて、上杉は同じコンダクター役の田中良明と一番後ろの席についた。

牧野蘭子は前方の席に分れている。

ベルト着用のアナウンスのあとで、ジェット機は滑走路へ移動した。

すでに夜である。

がたがたと機体が揺れて、やがて地上を離れた時、上杉は大きな息を吐いた。

長井美希子は乗って来なかった。

あきらめてくれたのだと思った。

彼女が、もし、上杉と同じ思いを抱いて、このツアーに参加しようとしていたのなら、この前の上杉の行動は、彼女をその悲劇から遠ざける役目をしたことになるのかも知れなかった。

長井美希子のような娘は、決して殺人を犯してはならなかった。せめて、彼女だけでも幸せになってもらいたい。

それは上杉の本心であった。

しかし、その願いと彼女をふみにじった上杉の行動は矛盾しているといわねばならない。

決して幸せな人生を送ることの出来ない男が、彼女を犯してしまったのは、なんという愚(おろ)かさかと思った。

せめて、今の上杉が彼女に頼むとすれば、自分とのことを忘れて、よい伴侶(はんりょ)をみつけて欲しいという虫のいい願いしかない。

が、なんにしても、長井美希子がこのツアーをキャンセルしてよかった。

そうでなかったら、上杉はこの先、自分の行動を一々、彼女に監視(かんし)されかねない。

彼女が来なくて本当によかったと思う一方で、上杉は自分の気持が虚(むな)しいことに気がついていた。

心の中を、寂しい風が吹きすぎて行く。

ベルト着用のサインが消えると、早速、客が苦情をいって来た。

割り当てられた席が窓ぎわではないと文句をいう。

「何分(なにぶん)にも窓ぎわの席は限られて居りますので……なるべく、お帰りの便の時には御希望にそうように致したいと存じて居りますが……」

添乗員としては、いいなれた言葉で上杉は丁重にあやまる。

こうしたツアーについて行くと、つくづく思うことだが、客の中にはいくつになっても幼児性の抜けないようなのが必ず何人かいて、コンダクターがあっけにとられるような苦情をいい出すことが珍しくない。

前方の客にスチュアデスが水をもって来たが、俺には何故かくれなかったなどと真剣に中年の男が文句をいう。

水が欲しかったら、スチュアデスにいってもよし、機内には冷たい水を自由に飲める装置がトイレの前にありますからと一々、いってやらないとわからないというのは、単に旅馴れていないせいだけではあるまいと上杉はよく考えることがある。

そうかと思うと、飛び立ってすぐに座席の向きを変えて、列車のように四人が向い合せになりたいといい出す客もいた。

「どうして新幹線で出来ることが、飛行機じゃ出来ないんですか」

などと質問されると、牧野蘭子でも返答に窮することがある。

水平飛行に移ってから夕食が運ばれ、そのあとはトイレがひとしきり混雑して、やがて映画が始まった。

そうこうしている中に、時差の関係で窓の外には陽が輝き出す。

「上杉君、ロスのホテルの部屋割をちょっとみせて……」

牧野蘭子が後部へやって来て、田中良明と代った。

乗客の中で、部屋割についての希望があったらしい。

一緒に書類をのぞき込んで、上杉は彼女の肌が荒れているのに気がついた。

それで、つい、いった。

「あの、お子さんが御病気だそうで……」

蘭子は、名簿の上に赤いボールペンでチェックをした。

「誰に訊いたの。ああ、三木さんね」

「御心配でしょう」

「心配しても仕方がないわ。ロスへ来てしまったのだから……」

口調に僅かながら投げやりなものがのぞいていた。

上杉は次の言葉が出なくなった。

機の窓の下にサンタモニカ湾がみえている。

海の色が鮮(あざ)やかであった。

カリフォルニアは、もう夏である。

ロスアンゼルス空港からは貸切りバスで、ホテルへ向った。

その前にダウンタウンを一周して、鶴賀百貨店のロスアンゼルス支店を紹介することになっている。

支店の前には、店員が旗や風船を持って客へ手をふっている。

「この辺はロスでも、ぶっそうな所なんじゃありませんか」

上杉の背後で、初老の客が話していた。

「まあ、昼間は大丈夫でしょうが、夜の一人歩きはよしたほうがいいと、日本を出る時、友人にいわれましたよ」

「アメリカは日本と違いますからねえ」

「船に乗るまでは用心したほうがいいですよ。アメリカまで来て、危ない思いはしたくありませんから……」

「殺人はアメリカに限るなんていう奴もいるんですから……」

笑い声が続いた。

冗談(じょうだん)である。

しかし、上杉は自分が冷や汗をかいているのに、内心、ショックを受けていた。

殺人はアメリカに限ると思ったのは、彼自身ではなかったのか。

ホテルはビバリーヒルズとダウンタウンに分れていた。

センチュリー プラザ ホテルとロスアンゼルス ヒルトン ホテルである。

名古屋、大阪組がロスアンゼルス ヒルトンへ、東京組がセンチュリー プラザに分宿することになった。

それでも、一つのホテルに百五十人近くの客を案内することになる。

ロビイを占領するのはまずいということで、センチュリー プラザでは、二階の宴会場を集合場所に使うよう手配してあった。

そこで、客はコンダクターから部屋の鍵を受け取り、鶴賀百貨店のロスアンゼルス支店から派遣された社員が、客室へ案内をして行く。

すべての鍵を渡し終った時、上杉のところへ田中良明が来た。

「すみませんが、お客の中に長井さんという人がいないかと訊いて来た人がいるんですがね」

反射的に上杉は否定した。

「いや、長井美希子さんなら、キャンセルしているから、来ていませんよ」

「そのこと、説明してあげてくれませんか。ロビイのフロントのところに来ているらしいんですが……」

大方、外国人だろうと田中良明は考えているようであった。

「僕は、その……英語はあんまり自信がないもので……」

上杉は宴会場を出て、フロントへ下りて行った。

どきりとしたのは、そこに長井美希子がいたからである。

「君……」

声がかすれた。

「いったい、どうして、ここへ……」

相手が不思議そうに上杉をみつめた。

「失礼ですが、鶴賀百貨店の方でしょうか」

「いや、僕はその……」

うろたえながら、上杉は彼女を見直した。似ているが、いや、そっくりだが、長井美希子ではないらしい。

「僕は上杉といいまして、今度のイベントのためのツアーコンダクターです」

「私、長井由紀子と申します。長井美希子は姉に当ります」

「長井さんの妹さんですか」

「ニューヨークから参りました。あの、少し、お話をうかがってもよろしいですか」

気がついて、上杉はフロントの前からロビイのすみへ移行した。

「長井美希子さんが、このツアーでロスへ来ると、連絡されたんですか」

やや落ちついて、上杉は訊ねた。

どうみても、そっくりである。背丈も体つきも、勿論、容貌も声も。

「そうではありません。でも、たまたま、鶴賀百貨店のイベントのことを知りましたので……もしかしたら、姉が参加するのではないかと……」

「参加されていません。いや、一度、申し込みをなさったのですが、キャンセルされました」

長井由紀子が肩から力を抜いた。

「そうでしたか」

小さく、頭を下げた。

「それで安心しました」

彼女の目が僅かに赤くなっている。

上杉の気持が動いた。

第七章　減退

上杉信吾が、ロスアンゼルスへ来て、二度目に長井由紀子をみたのは、鶴賀百貨店ロスアンゼルス支店のイベントの日であった。

ダウンタウンの西側のフィゲロア通りを南下したところにあるコンベンションセンターの宴会場を貸切りにして、午後から夕方まで、さまざまのプログラムが組まれている。日本から招いた演歌の歌手たちの歌謡ショウが中心になっているが、その他に浪曲もあれば落語もあるという雑多な番組は、ロスアンゼルス在住の日本人家族や、リトル東京を代表とする日系人社会の要望でもあった。

日本からやって来た客にとっては、いささか大時代な催(もよお)しだが、今回の旅行のたてまえからいっても、参加しないわけにはいかない。

昨日、一日がかりでディズニーランドとナッツベリーファームを案内するのに使用したのと同じ大型バスで、上杉信吾は、客をコンベンションセンターへ送り込んだ。

日本から来た客は三百人余りだが、この日、コンベンションセンターへ招かれたのは殆(ほとん)どロスアンゼルス在住の人々で、つまり鶴賀百貨店ロスアンゼルス支店の常連ということだったが、客足は今一つ伸びない感じであった。

なにしろ、宴会場は二千人が収容出来る広さである。

「ちょっと冴えない感じだわね」

客を会場へ案内して、上杉が外へ出てくると、牧野蘭子が木かげで一服している。

「二千人なんてお客、来るのかしら」

開幕三十分前だが、ざっとみたところ半分以上、空席が目立つ。

「まあ、途中から来るという客もあるんでしょうがね」

上杉がポケットから煙草を出しかけた時、長井由紀子がこっちへ向って歩いてくるのがみえた。

いや、上杉には一瞬、彼女が長井美希子に見え、すぐに、妹のほうだと訂正した。

「こんにちは……」

由紀子は上杉と牧野蘭子へ同じように頭を下げた。

「その節は、失礼しました」

センチュリー プラザ ホテルへ訪ねて来たことである。

「ニューヨークへ帰られたんじゃなかったんですか」

少し、驚いて上杉が訊ねた。

「折角、休暇をとって来ましたので……」

彼女がニューヨークの航空会社のチケットカウンターで働いているのを、上杉はこの前、彼女から聞いていた。

「鶴賀百貨店の方から、今日のイベントの切符を頂いたんです。お客が集まりそうもないから、是非、来てくれって……」

首をすくめて、悪戯っぽく笑った。

「私にとっては久しぶりの日本情緒ですから、一日、たのしませて頂こうと思ってやって来ました」

「そりゃどうも……」

「行って参ります」

もう一度、お辞儀をして長井由紀子は会場のほうへ小走りに去った。

「彼女、長井美希子さんの妹さんなんですよ。お姉さんが、今度のツアーに参加していると思って、ニューヨークから来たんです」

牧野蘭子がいつまでも長井由紀子の後ろ姿を見送っているので、止むなく、上杉は説明した。

「長井美希子さんって、たしか、今度のツアーを途中でキャンセルした人ね」

「ええ、そうです」

「その方、上杉さんの恋人……」

「違いますよ」

慌てて、上杉は少し赤くなった。

「単なるお客さんです」

「お姉さん、キャンセルしたことを、妹さんに知らせなかったのかしら」

「いや……」

口ごもって、上杉は弁解した。

「よくわかりませんが、おそらく、連絡の行きちがいだったんじゃありませんかね」

そうではないことを、上杉は知っていた。

長井由紀子はニューヨークで、たまたま鶴賀百貨店のイベントのことを知った。そのイベントには日本から鶴賀百貨店の会長夫人や社長夫妻も参加する。

豪華客船で、パナマ運河を越える船旅が、そのイベントの売り物でもあった。

妹は、姉がそのイベントに参加するのではないかと心配して、ニューヨークからやって来たのであった。

つまり、妹は、姉が心の中に、鶴賀百貨店の会長一族へ深い怨(うら)みを持っているのを知っていたことになる。

だが、それを上杉は口にしなかった。

牧野蘭子に話すべきことでもない。

「あの妹さん、いくつぐらいかしら」

蘭子が、もう会場の建物の中へ入ってしまった長井由紀子を思い出すような表情で訊いた。

「さあ、僕は、二日前にホテルのロビイで会ったきりですから……」

せいぜい一つか二つか、あまり美希子と年齢に差があるとは思えなかった。

「似てるの」

「ええっ……？」

「お姉さんとよ」

「そっくりですよ」

つい、本音が出た。

「ホテルのロビイで、てっきり、お姉さんだと思ったくらいですから……」

「きれいな人ね」

思い出したように、吸いかけの煙草を消した。

「上杉さん好みだわね」

「からかわないで下さいよ」

照れて、顔をそむけた。

「人間って、どういう時に人を好きになるのかしら」

ベンチに腰を下ろし、足を組みながら蘭子が独り言のように続けた。

「一目みて恋に落ちる……なんとなく好きだと思う……セックスがきっかけでその人を愛すようになる……子供が出来て情が深まる……」

上杉はコンベンションセンターの上に広がるカリフォルニアの空を眺めた。

もしかすると、牧野蘭子は自分のことをいっているのかも知れないと思った。

コンベンションセンターでの、鶴賀百貨店のイベントは午後五時すぎに終了した。

後片付けを社員にまかせて、重役達はあたふたと車に分乗して、ダウンタウンにある鶴賀百貨店ロスアンゼルス支店へかけつけた。

店は定休日だが、社員用の通用口はあいている。

そこに、社長秘書の今井が待っていた。

「社長がお待ちになって居られます」

いわれるまでもなかった。

今日のイベントの結果が、社長の逆鱗に触れたのは、コンベンションセンターの会場から、わかっていることである。

重役室は八階にあった。

ロスアンゼルス支店長の岡見正夫を先頭に四人がひとかたまりになって、今井のあとから会議室へ入る。

関原英四は、正面の椅子にかけて書類をひろげていた。

横に、東京から随行して来た石井常務がいる。

石井常務の姿をみて、岡見支店長は、はっとした様子をみせた。岡見支店長は、石井常務の腹心であった。

「どうも、遅くなりまして……」

岡見支店長が頭を下げ、背後の重役がそれにならった。

「予定通り、終了いたしました」

「なにが予定通りだ」

吐き出すような関原社長の声に、支店長が青ざめた。

「岡見君、君は今回のイベントをなんだと思っている。今日の催しは、いったいなんだ。あれは、鶴賀百貨店が恥を天下にさらしたようなものじゃないか」

石井常務が、やや、とりなし顔でいった。

「いったい、切符はどのくらい、さばいたのかね」

支店長が、背後の一人から帳簿を受け取って開いた。

「切符の売れ行きは、まことに好調でございまして、千四百枚を売り切って居ります。その他に招待券が二百二十四枚、日本からのお客様用として三百五十枚……」

関原英四が手を上げた。

「今日の入場者数は何人だった……」

「はあ、それが……」

「わたしがみたところ、半分も入っていないようだったが……」

「受付からの報告ですと、四百十二人ということでして……」

「少なくとも、千四百枚が売れているんだろう。残りの千人分はどこへ消えたんだ。一枚三十ドルからの金を払って、会場に来ないというのは、どういうことだ、説明し給え」

岡見支店長は慄える手でポケットから麻のハンカチーフを出して、額の汗を拭いた。

「それにつきましては、私どもも、いったい、どういうことなのかと……」

「原因は至急、調べるように……。それから、ロス店の売上げ高についてだが、本社へのこれまでの報告だと順調に伸びているというのだが、昨日、一昨日と、わたしが店内を巡回した時の印象としては、どうも、売り場に活気がなかったが、本当に商品は着実に売れているのだろうな」

支店長の背後から販売部長が顔を上げた。

「それは間違いありません。弁解するようですが、こちらでは先週までがイースターバーゲンと申しますか、夏物の大売り出しをかねて謝恩セールを催しましたので、多少、その直後は客足が落ちるようなところもありますが、決して……」

「明日は午前中に倉庫を廻る。在庫品に関して説明の出来る者を待機させるように……」

「承知いたしました」

およそ一時間、関原英四は支店長をしぼり上げ、不機嫌な顔のまま、ホテルへ帰った。

八時からは、関原社長がロスアンゼルス在住の有力者を招いての晩餐会があった。

その席上で、ちょっとしたアクシデントが起った。

社長夫人の関原真理子が乾盃を終って椅子にかけようとして、突然、悲鳴を上げたのである。

何事かと客があっけにとられている中を、社長夫人は別室へ退き、なかなか出て来なかった。

晩餐は主催者の夫人抜きで進められたが、客の中には終始、落ちつかない雰囲気が流れた。

関原真理子はデザートになってから、漸く席へ戻ったが、その表情はけわしいもので、同じテーブルについていた客も、言葉をかけにくい様子であった。

宴が果てて、客を送り出してから、関原英四が妻に訊ねた。

「いったい、なんだったのだ」

「服に針が入っていたんです」

怒りを満面に浮べて、真理子がいった。

「すわった時に、突きささって……」

心配そうに、夫妻の会話を聞いていた鶴賀百貨店の重役達は、一瞬笑いを押えるのに苦心した。

社長夫人は真紅のヘビイシルクのスカートを着けていた。そのスカートの縫い目にでも、一本のピンが取り残されていたものだろう。それが、社長夫人のお尻を直撃したものに違いない。

英四が苦虫を嚙みつぶしたような顔をした。

「それにしたところで、随分、時間がかかったじゃないか」

ホステス役が、殆(ほと)ど食事中、戻って来なかった。

「だって……血が出ていたんですよ。針の先が折れていたんじゃないかと思って……」

「折れていたのか」

「いいえ、虫ピンみたいなものだから、折れることはないんですって……でも、痛いのなんのって……」

「君も馬鹿だな」

昼間からの苛々が爆発したようであった。

「ピンが尻に突きささるまで気がつかないというのは、どうかしているよ。大体、ちくりとしたところで気がつくものだ」

「ひどいわ」

真っ赤になって、夫人が泣き声を出した。

「そんな言い方って、あるかしら。あんまりですわ」

「ピンを服に残すような洋服屋で作るな。高い金を払って、客に怪我(けが)をさせるとは、どういう了見だ」

「私にお怒りになることはないでしょう」

「ついて来た縫(ぬ)い子は、なにをしている。持って来た服を全部、調べさせなさい。二度とこんなことがあったら承知しないぞ」

重役達が、おろおろと夫妻を囲んでホテルのスイートルームへ送り届けた。

居間には、たまたま、会長夫人と明日の買い物について打ち合せに来ていた牧野蘭子がいた。

夫人は、蘭子には見むきもせずに、電話で駒沢佐知子を呼びつけた。

夫人のドレスを作ったデザイナーの井上由紀夫の店の縫い子であった。夫人たちの身の廻りの世話とドレスの始末をするために、この旅行のお供をして来ている。

駒沢佐知子は目を赤くしていた。

すでに、さんざん、真理子から叱責されている。

「駒沢さん、主人にあやまってちょうだい。主人は、このドレスのおかげで、あたしがお客の前で恥をかいたと怒っているのよ」

駒沢佐知子は床にひれ伏して頭を下げた。

「申しわけございません。私の不注意でございました」

「君のところは、ドレスにピンをつけたまま、納品するのかね」

タキシードを乱暴に脱ぎ捨てながら、英四がいった。

「とんでもございません。お納めする服は必ず検針器を使って……」

「それなのに、ドレスに一本、入っていたのはどういうことだ」

「申しわけございません。滅多にあることではありませんが……」

「滅多にあっては困るんだよ」

「どうか、お許し下さい。私、必ず、ドレスのすみずみまで検査を致します。念には念を入れますので……」

語尾は泣きじゃくりになった。

牧野蘭子は、そっと英四に声をかけた。

「お疲れのところ、恐れ入ります。奥様御注文のリングを受け取って参りました。サイズをおためし下さいますか」

一昨日、ロデオドライブの宝飾店(ほうしょくてん)で真理子夫人が気に入った指輪であった。サイズが合わないので至急、直してもらったものである。

果して、真理子は蘭子のとり出した小箱にとびついて来た。

「みせて……」

ダイアモンドの周囲にルビイとサファイアをちりばめた豪華なリングが、女にしてはやや骨太(ほねぶと)な真理子の指におさまった。

「ねえ、あなた、みて下さいな。すてきでしょう」

真理子が夫の前に指をさし出し、英四は苦笑した。

「また、指輪か」

「円高ですもの、安い買い物よ」

会長夫人が自分の手許の細長い箱を開けた。

「私のは、ネックレスよ。いずれ、真理子にあげることにして買いましたよ」

それは真理子のリングとペアでも使えるようなデザインであった。

「これは見事ですね」

義母に対しては、英四も神妙であった。

「サイズは如何でしょう」

蘭子は社長夫人に念を押した。

「ちょうどいいわ」

「それでは、私はこれで失礼いたします」

ちらと駒沢佐知子をみた。

「駒沢さんも、下がらせて頂いてよろしゅうございますか」

英四がうなずいた。

「明日からは気をつけてくれ」

佐知子は再び、頭をすりつけるようにしてから、牧野蘭子に従って居間を出た。

このスイートルームは真ん中が居間になっていて左右に寝室がついている。各々の寝室を会長夫人と社長夫妻が使っているようであった。

駒沢佐知子の部屋は三階であった。

「あまり気にしないで……」

エレベーターの中で、蘭子は慰めた。

「ピンが一本ぐらい入っていたからって、どうってことないわよ」

しかし、佐知子は暗い瞳をしたまま、かすかに頭を下げただけであった。牧野蘭子はセンチュリー プラザ ホテルへ帰って来た。

社長夫妻の泊っているビバリーウィルシャー ホテルから歩いて、牧野蘭子はセンチュリー プラザ ホテルへ帰って来た。

ロビイでは、上杉信吾が田中良明と話をしていたが、牧野蘭子をみると二人共、立ち上がって迎えた。

「どうでしたか、社長夫妻は……」

訊ねたのは、田中良明であった。

「奥様の服に針が入っていたとかで……」

つい、蘭子は笑い出した。

「まあ、もう情報が入っているの」

おそらく、晩餐会に出席した重役たちから廻って来たものであろう。

「お供の駒沢佐知子さんが、だいぶ叱られたけれど、奥様のリングが出来てきていたので、御機嫌は直ったみたいよ」

「そうですか」

田中はなんともいえない表情でうなずき、改めてお辞儀をした。

「それじゃ、僕はこれで……。又、明日、よろしくお願いします」

蘭子がソファに腰を下ろした。上杉も向い合せにすわる。

「どうも、鶴賀百貨店の中は、大変みたいですよ」

田中と、その話をしていたらしい。

「なにしろ、千枚以上売ってあった切符に対して、お客がその半分も来なかったわけですから……」

コンベンションセンターでのイベントのことであった。

「あれは、みっともなかったわね」

会場が広すぎただけ、みじめであった。

「社長は、かんかんですって……」

「そりゃそうでしょう。日本から来たお客様に対してだって、具合が悪いもの」

「切符は売れているのに、客が来なかったってこと、どう思いますか」

ボーイが注文を聞きに来て、蘭子はビールを頼んだ。上杉はハイボールである。

「要するにお義理で切符を買わされたけど、見に行く気はなかったってことかしら」

鶴賀百貨店の押しつけ商法は日本でも評判になっている。

「三十ドルを、みすみす無駄にしますかね」

日本円にして四千円足らずである。

「こっちの三十ドルは、日本円に換算した数字より、ずっと値打ちがあると思います。大体、アメリカ人はけちですからね。三十ドル溝(どぶ)に捨てるような真似はしないでしょう」

「切符を押しつけられたのは、日系人や日本人社会の人たちじゃないの」

「田中さんの話だと、どうも、社員に一人当り何枚というノルマで、売りさばかせたらしいんですよ」

「それじゃ、社員が自腹切ったの」

「日本なら、そうするでしょうが、こっちの人間はやりませんよ」

鶴賀百貨店ロスアンゼルス支店の従業員は、ごく上層部を除いて現地採用であった。

「どうするの」

「切符を割り当てられたって、売れないものは売れないというわけです」

「でも、お金を会社へ入金しなければ……」

「おそらく、まだ、金は払ってないんじゃありませんか」

田中と話していて気がついたと上杉はいった。

「上の連中だって、強制的に金を取るわけにいかないでしょう。なんたって、ここはアメリカなんですから、そんなことをしたら、忽ち問題になります」

「成程ね」

大半の切符が、従業員のひきだしの中で眠っているとすると、今日の会場の閑散とした理由がよくわかる。

「支店長は、全部、売れていると思っているのかしら」

「どうですかね」

実状を、どのあたりまで把握しているかが問題であった。

「今日のイベントもそうだけど、日本から来たお客様が話しているわ。鶴賀百貨店の商品の評判が悪いのよ」

ツアーでロスアンゼルスへ来た客は、とりあえず日本語が通じる便利さもあって、鶴賀百貨店でショッピングをする人が多かった。

「フランスやイタリーの有名ブランドの商品も入っているけれど、その多くが昨年とか一昨年のパターンなのね。おまけに値段が高いそうよ」

この節、海外旅行に馴れている日本人は、そうした情報にくわしかった。

日本にいても、有名ブランドのカタログが容易に入手出来るので、今年のハンドバッグの新しいデザインはどんなだとか、イタリーでの値段はどのくらいだとか、実によく知っている。

「そりゃまあヨーロッパ商品をアメリカで買うとなれば、関税がかかってるわけですから……」

「ロデオドライブへ行って、グッチやフェンディの支店で買ったほうが安いっていってるお客様もいたわ」

ロデオドライブというのはロスアンゼルスでも屈指の高級ブティック街であった。ビバリー・ウィルシャー・ホテルの前からサンタモニカ大通りにかけておよそ五百メートルばかりのところに、百店近い有名店が軒を並べている。

無論、ヨーロッパの有名ブランドの支店もあらかた、ここにあった。

「そういえば、田中さんがいってましたよ。鶴賀百貨店の会長夫人や社長夫人が、自分のところの支店では買い物をしないで、もっぱらロデオドライブに入りびたっていると、ツアーの客が皮肉っぽくいってるんだそうです」

「まずいわね」

鶴賀百貨店のイベントのツアーで来た客に、その鶴賀百貨店のロスアンゼルス支店の評判が悪いのでは、日本へ帰ってからが思いやられる。

蘭子が時間を気にした。

「いま、十一時すぎかしら」

「十六分です」

「部屋へ帰って、日本に電話するわ。毎日十一時半に電話をすることにしているの」

ロスアンゼルスの午後十一時半は東京の午後四時半であった。但し、日付はロスアンゼルスのほうが一日早いことになる。

「お子さんの具合は如何ですか」

毎日、蘭子が東京へ電話をかけるのは、それが気になるからに違いない。

「はかばかしくはないみたい。病院を変ってみたらって、母にいったんだけど……」

エレベーターを下りて、自分の部屋へ戻って行く蘭子の後ろ姿に屈託したものがあった。

それを、その時の上杉は彼女が疲れていると思って眺めていたのだったが……。

翌日、日本からのツアーの客は夕方の乗船まで、自由時間であった。

牧野蘭子、上杉信吾、田中良明の三人は、終日、船の部屋割やら、洋上セレモニイの打ち合せで忙殺されていた。

なによりも困ったのは、鶴賀百貨店のほうから打ち合せに来る筈の人々が、約束の時間になってもホテルへやって来ないことであった。

日本からの客はこっちの責任だが、船に乗るのは、ロスアンゼルス支店で集めた客もいるわけで、それは支店のほうの管轄になっている。

「いったい、なにをやってるんだろうな」

支店へ電話をかけに行った田中が、間もなく、興奮で目を血走らせて戻って来た。

「大変ですよ、支店はもう、てんやわんやです」

昨日、関原社長が、ロスアンゼルス支店の営業に不審を持って、今日の午前中に倉庫を廻って、在庫品を検めるといい出したという。

「驚くじゃありませんか。倉庫という倉庫が、仕入れたけれども売れない商品が山積みになっていて、それを社長にみられては大変だというので、昨夜中かかって帳簿に手を加え、代りの倉庫を探して、今朝早くからトラックで在庫品を別の倉庫へ移そうとしていたら、社長が予定の時間より一時間も早く、タクシーで乗りつけてきたというんです」

現場は蜂の巣を突ついたようなさわぎになって、とてもこっちに打ち合せに来るどころではないという。

関原英四のやりそうなことだと、牧野蘭子は思っていた。

人の意表を衝くのが好きである。

「そんなにロス支店は業績が悪かったの」

「本社への報告では、順調ってことだったと思いますよ。だからこそ、三周年記念のイベントをすることになったんですから……」

とすると、支店長や重役が偽りの報告をしていたことになる。

「関原社長は、きついですからね。今夜のイベントはどうなるんですかね」

田中良明は青くなっている。

上杉信吾は、ぼんやりしていた。

鶴賀百貨店のロスアンゼルス支店の業績がそんなにも悪かったとすると、これは、鶴賀百貨店にとって少なからぬダメージを与えたことになる。

日本からやって来た三百人余りの客の耳にロスアンゼルス支店の失敗は忽ち、大きなニュースとなってささやかれるに違いなかった。

といって、今更、イベントを中止するわけにもいかない。

午後二時になって、ロスアンゼルス支店の重役が打ち合せに来た。

豪華客船でのイベントは予定通りで、客に支店の不始末を決して口外しないようにと、くどいほど念を押した。

午後三時に日本からのツアーの客はバスに分乗してロスアンゼルス港へ向った。

栈橋にはアメリカ船籍のサンタクルーズ号が横づけになっている。

濃紺と白の船体は初夏のクルーズにふさわしく、さわやかな印象であった。

簡単な手続きをすませて、日本人乗客は各々、コンダクターの指示に従って乗船し、メインロビイで部屋の鍵を渡され、二十人ずつグループになって自分達の船室へ散って行った。

鶴賀百貨店のメンバーが乗船して来たのは五時近くになってからであった。

会長夫人の浅野伸枝、社長夫妻に各々、秘書がつき、東京からの重役が二人、それにロスアンゼルス支店長をはじめとする支店の重役が二人。

上杉信吾がみていると、会長夫人は社長夫人と共に大きな花束を抱いて、出迎えの船長や乗組員に握手をしていた。

社長の関原英四は流暢な英語で船長に挨拶をし、重役達を従えて、船の最上階の特別室へ向った。

上杉が注目したのは、岡見支店長であった。

一夜の中に人相が変ったような印象である。

顔色は悪く、表情がこわばっていた。

彼だけは、社長と一緒に特別室へ行こうとせず、長い船室の廊下を船尾のほうへ歩いて行った。

午後六時、出港は岸壁に並んだブラスバンドの演奏を合図に、汽笛が鳴った。

デッキから紙テープが幾筋(いくすじ)も見送人へ向って投げられる。

鶴賀百貨店の社員は岸壁に整列して、客を見送っていた。

そして、上杉はその岸壁と反対側のデッキに、ぽつんと一人、沖を眺めている岡見支店長の姿を見た。

なんともいえない、異様な雰囲気が、彼の背中にあった。

第八章　陰影

サンタクルーズ号は二万八千トンの客船であった。

現在、運航されている世界の客船の中で、規模においても、設備の点、サービスに関しても、五本の指に数えられる豪華客船である。

最大乗客数が七百名、しかも、乗客五人に対して三人の割合で乗務員がサービスしているというのが、この船の評判を高くしていた。

スポーツデッキはジョギング、テニス、ゴルフがたのしめるように出来ているし、ゆったりしたラウンジや展望室、或いは二つの大きなプール、ナイトクラブ、バア、図書室、体育室、サウナ、劇場、カードルーム、更には美容室や理容室、病院まであるという、動く巨大なリゾートホテルである。

ロスアンゼルス港から乗船した三百人余りの日本人客は、最初、この豪華船の諸設備を使いこなし切れない様子であった。

なにしろ、乗船したその夜に船上パーティが企画されている。

これは船旅としては、異例であった。

船での催し物は普通、航海中ときまっていた。

クルーズの場合、船は何か所か、あらかじめ決っている港へ寄港する。

港へ入る日と、出港した日の夕食はインフォーマルというのが常識であった。

つまり、夕食にタキシードやイヴニングドレスを着用しなくて差支えない。

入港する日は、乗船している客がその土地へ上陸して観光に出かけるし、新しくその港から乗船する客もいる。

一日遊び疲れた夜に、フォーマルな服装をするのは厄介だし、乗ったばかりの客は荷物をほどくのに時間がかかるだろうからという配慮のためであった。

乗船したとたんに洋上パーティをやるというのは、東京湾の夕涼み用観光船の発想であって、世界一周もしようというような豪華客船では通用しなかった。

無論、今度の鶴賀百貨店のイベントを企画した旅行社にしても、そのくらいのことは知っていた。

けれども、非常識を承知の上で、乗船当夜をパーティにしなければならなかったのは、鶴賀百貨店の社長、関原英四がサンディエゴで下船するからであった。

サンタクルーズ号は、午後六時にロスアンゼルスを出港し、翌早朝にサンディエゴ港へ入る。

従って、どうしても第一夜に、鶴賀百貨店主催のイベント用パーティを催さなければならない。

三百数十名の日本人客は、他のアメリカ人乗客がのんびりと甲板で出港風景を眺め、船旅気分を味わっている時に、そそくさと狭い船室の中でスーツケースを開け、タキシードやイヴニングドレスを取り出して支度をする一方、勝手のわからない船内をうろうろして友人知人と連絡を取り合ったりしていた。

添乗員もてんやわんやであった。

シャワーの使い方がわからないといってくる客があるかと思うと、バスがついていないと苦情が出る。

船の場合、バス、シャワー付の部屋はそう多くはなく、アメリカ人やヨーロッパ人はシャワーさえついていれば、格別、不便とも思わないが、日本人はどうも浴槽へ入らないと入浴した気がしないという人があって、何故、自分の部屋にはバスルームがついていないのかと顔色を変えたりする。

一方では部屋のドアの鍵のかけ方が厄介だといい、船室乗務員がパスポートをあずかりに来たといって、添乗員を呼びつける。

牧野蘭子も上杉信吾も、その他の鶴賀百貨店の社員たちも船室の廊下をとび廻って、客の不安に対処していた。

それで、彼らは社長夫妻や会長夫人の入っている特別室で一騒動あったことにまるで気がつかなかった。

きっかけは、会長夫人の浅野伸枝と、社長夫人の関原真理子が、美容室へ行きたいといい出したことであった。

仲枝も真理子も、今夜のために、ロスアンゼルスのホテルの美容室で今朝、きちんとヘアスタイルを整えて乗船していた。

ところが、乗船時に強い風が吹いたのと、出港後、暫く甲板にいたので、折角のヘアスタイルが台なしになってしまったのであった。

殊に、会長夫人は、髪に関してはひどくデリケートであった。

潮風に吹かれて、なんとなく湿っぽくなったと感じただけで、もうシャンプーをしないではいられない。
といって、彼女が自分で器用にシャンプーをし、ヘアスタイルをまとめるなどという真似は全く不可能であった。
「美容室をみて来てちょうだい、すぐシャンプーセットをしてもらうから……」

会長夫人がいいつけたのは、駒沢佐知子に対してであった。

何故かといえば、ロスアンゼルスから乗り込んだ鶴賀百貨店の重役たちは、今夜の洋上パーティの打ち合せのために、とりあえずカードルームに集合し、そこで、社長の細かな指図を受けていたからである。

会長夫人、社長夫人の傍についていたのは駒沢佐知子ただ一人であった。
佐知子は船内地図をみてパシフィックデッキにある美容室へ行った。
だが、美容室のドアは閉っていて、なかは暗かった。人の気配もない。

出港して間もなくで、まだオープンしていないのかと思い、佐知子はスカイデッキと呼ばれる、客室のあるデッキとしては最上階のペントハウススイートの部屋へ戻って、会長夫人にその旨を報告した。

「いったい、何時から開くの」

と伸枝が訊いたが、佐知子は答えられなかった。美容室には、誰も人がいなかったのである。それに、佐知子は殆ど英語が喋れなかった。

「困ったわね。全く……」

苛々しながら、伸枝は、テーブルの上に先程、ボーイが運んで来た果物籠の中からメロンを指定して、佐知子に切ってくるように命じ、自分は、きれいに洗ってガラスの皿に盛りつけてあるアメリカン・チェリーを食べはじめた。

関原真理子のほうは、すぐ隣の、やはりペントハウススイートの部屋で入浴中であった。

佐知子の仕事は山ほどもあった。

船室に運び込んだ会長夫人、社長夫人のドレスをハンガーにかけ、皺の出来ているものはアイロンをあてなければならない。

なにしろ、ドレスの数が多いから、ペントハウススイートの部屋に備えつけてあるクローゼットを一杯にしても、まだ収納出来ないのは、佐知子のシングルルームの洋服かけを占領し、更に部屋のすみに洋服かけ専用の鉄骨を運び込んで、そこにぶら下げてある。

ドレスだけではなく、そのアンダー用のスリップ、コルセット、ペティコートなど、各々のドレスに決められた附属品がついているのを整理するだけでも頭が痛くなるような作業であった。

会長夫人にしても、社長夫人にしても、今夜のパーティにどのドレスを着ると、あらかじめ決めておいても、そのぎりぎりになって気が変ったり、折角、着せてみると、気に入らないから別のにするなどといい出す人々であった。

そのためには、何十着ものドレスが、いつでも着用出来る状態になっていなければならなかった。

おまけに、ロスアンゼルスのパーティで、社長夫人のドレスにピンが入っていたという事件で、佐知子の神経はかなり参っている。

ドレスの整理に夢中になっていた佐知子は電話で社長夫人に呼びつけられた。

彼女の船室は、客室のある階としては一番船底に近くなるメディティラニアンデッキにあった。最上階のペントハウススイートまでは六階分も、階段か、或いはエレベーターを上らねばならない。

おまけに、佐知子の部屋は船尾なのに、会長夫人や社長夫妻のペントハウススイートは船の前方にあった。

巨大な豪華客船ともなると、船の長さだけで二百メートルもある。当然、それに近い廊下の距離も小走りに行かねばならなかった。

ペントハウススイートのドアを開けただけで、佐知子は社長夫人の機嫌の悪さに気がついた。

「美容室は、まだなの。早くしないとパーティに間に合わないのよ」

どなりつけられて、佐知子はドアをとび出した。

美容室はパシフィックデッキだから、五階ほどかけ下りなければならない。

だが、美容室はさっき来た時と同じくドアが閉っていて、人の姿がなかった。

もし、佐知子が少々でも英会話が出来たら、或いは手ぶり身ぶりでもアメリカ人と話をする度胸があったら、船の中のレセプションへ行くなり、通りすがりの船員を呼びとめるなりして、事情を訊くことが出来た。

しかし、彼女は外国に馴(な)れていなかった。はじめての外国旅行、はじめての船旅で完全に逆上していた。

佐知子が探したのは、日本人の添乗員であり、鶴賀百貨店の社員であった。

けれども、広い船内で、やはり、てんてこまいをしている数人の添乗員を発見するのはむずかしかった。

それに、佐知子は知らなかったが、鶴賀百貨店の社員は、全員、カードルームに閉じ込められて、社長から激しい叱責(しっせき)を浴びている最中だったのだ。

よろよろと船の廊下を歩き廻って、漸(ようや)く、佐知子が上杉信吾をみつけたのは、一時間もあとのことである。

上杉は、すぐレセプションで訊いてくれた。

「多分、そうではないかと思ったのですが、出港した日は美容室、理容室はオープンしません。殊（こと）に出港が夕方でしたから……」

佐知子は青ざめた。

「どうしましょう。会長夫人と社長夫人のヘアスタイルをととのえなければならないんです」

「自分じゃ、出来ないんですか」

上杉はちょっと苦笑したが、再び、レセプションへ行った。

「特別料金を払うから、美容師さんにペントハウススイートまで来てくれないかといってみたんですが、美容師さんは明日の早朝、サンディエゴから乗船するんだそうですよ」

もう、仕方がなかった。

佐知子は上杉に礼をいうのも忘れて、とぼとぼと階段を上って行った。

上杉は佐知子が考えるほどに、美容室がオープンしないということを深刻には受けとめていなかった。

で、レセプションで少々の用事をすませて去りかけると、すぐ近くにいた男がそっと近づいて声をかけてきた。

男の服装をみて、上杉は彼がこの船の乗組員であるのに気がついた。言葉は英語、しかし、顔は東洋人のようであった。

「失礼ですが、今、あなたがお話しになっていた女性は、あなたのツアーのお客様ですか」

上杉はイエスと答えた。

「私が以前、お世話になった日本の外務省におつとめの黒田さんという女性に似ていたように思ったのですが……」

上杉は相手を眺めた。

乗組員の中でも、下級船員ではなかった。白い上着についている袖口の金筋からして士官級と思えた。

それでも、上杉は用心して答えた。

「彼女の名前は黒田ではありません。ミス駒沢です」

「ありがとう。失礼しました」

その乗組員と別れて、上杉は自分の船室へ戻って来た。

向い合せの部屋のドアが開いていて、田中良明がミネラルウォーターを飲んでいる。

上杉をみると、すぐドアのところへ出て来た。

「えらいことですよ、カードルームの中は……」

社長の関原英四が、今夜のイベントについて激怒しているという。

「要するに、万事、社長の気に入らないわけですよ。企画がイージーで、目新しいものがなにもない。ビュッフェスタイルの夕食会を船上でやるだけで、なにがイベントだというわけです」

「しかし、目新しいことといったって、乗船してすぐにパーティですからね」

船旅では客を退屈させないために、さまざまの催しがある。仮装パーティや祝祭日にちなんでの催し、それにビンゴ大会とか、或いはイースターにかこつけてオリジナルな帽子コンクールとか。

いずれにしても、乗船して何日かが過ぎ、客が船に馴れてからのことであった。出港したばかりでは、乗組員も客も、そんな余裕がない。

「まあ、ロスアンゼルス支店のほうも、例のコンベンションセンターでのイベントの企画が精一杯で、船の上のパーティにまで気が廻らなかったんでしょうが、支店長の岡見さんなんか、席にいたたまれないほど、社長にどなりつけられていましたよ」

田中が気の毒そうにいった。

「岡見支店長は、乗船した時から顔色が悪かったですね」

船が港を出る時、岸壁の見送人のほうに向っている甲板に客が集まっていたのに、彼だけは反対側のデッキに人目を避けて立っていたのを、上杉は知っている。

「彼は今年の冬、奥さんを癌でなくしているんですよ。奥さんは東京の病院に入っていて、岡見さんは、なんとか日本へ転勤にしてもらいたかったようですが、今回のイベントが終るまではという理由で、とうとう、奥さんの臨終にも間に合わなかったそうです」

エリートサラリーマンの悲劇だと、田中はいった。

「そのあげくが、このざまですからね」

ロスアンゼルスのイベントの失敗の責任をとらされた上に、このクルーズでも、まず第一日目から、社長の叱責(しっせき)を浴びている。しかも、社員の面前においてであった。

田中が着がえのために船室へひっ込むと、入れかわりのように牧野蘭子がやって来た。

「今夜のパーティだけれど、三十分くらい遅れるかもね」

予定では八時からラウンジルームでということになっていた。

「なにかあったんですか」

「いろいろらしいけれど、美容室がオープンしてなかったそうなのよ」

「それは、さっき、駒沢さんに訊かれたので、レセプションで明日からだと教えましたが」

「お二人のヘアスタイルが、間に合わないんですって……」

蘭子は皮肉っぽく笑った。

「会長夫人も社長夫人も、佐知子さんに当り散らしているのよ。彼女のせいで、美容室が開かないわけでもないのに……」

「無茶ですね」

「あたしが顔を出した時は、ドレスにまで文句をつけていたわ」

「気に入った服を持って来たわけでしょう」

「船の雰囲気に合わないんですとさ」

「そりゃあデザイナーの責任というべきですよ。彼女は単なる縫い子じゃないですか」

「そんなことを、あのお二人さんが配慮すると思って。自分以外の人物は、みんな召使と考えてる人たちよ」

「驚きましたね」

どっちにしても、パーティは添乗員の責任ではなかった。

「とにかく、早めに支度をして、ラウンジへ行っていましょう」

上杉にそういってから、蘭子は思い出したように訊ねた。

「ロスでお会いした長井さんの妹さんね。あの人が、この船に乗っているの御存じ……」

上杉は問い直した。

「長井さんの妹さん……」

「あなたにコンベンションセンターで紹介されたじゃないの」

「長井由紀子さんですか」

「あの人、この船に乗ってるわ。さっきスポーツデッキで海をみているのをみかけたのよ」

「本当ですか」

「ロス支店から、余った切符を押しつけられたみたいなことをいってたわよ」

「そうですか」

ありそうなことであった。

彼女はコンベンションセンターでのイベントの切符も、鶴賀百貨店からもらったといっていた。

「ロスで集めたお客の中からキャンセルが出たんじゃないかしらね」

牧野蘭子が去ってから、上杉も服を着がえた。

添乗員も一応、フォーマルでと指定されている。

上杉や日本人乗客がタキシードやイヴニングドレスで廊下を歩いて行くと、アメリカ人の乗客が不思議そうな顔をした。本来なら、今夜はインフォーマルの夕食日である。

鶴賀百貨店主催のパーティは、三十分遅れて社長の挨拶で始まった。

客の大半は、関原社長のスピーチを聞いていなかった。

なにしろ、空腹であり、三十分も待たされたことで、客の不満がビュッフェのテーブルに殺到し、まず食べることに集中したという感じであった。

おまけにスピーカーの調子が悪く、客のざわめきはどんどん高くなり、鶴賀百貨店の社員が制止したところで、どうにもならなかった。

関原社長が苦り切っているのが、すみに立っていた上杉にもよくわかった。

おそらく彼は自分のスピーチをこれほど無視された経験は、はじめてに違いない。

そんなことよりも、上杉はしきりに客の中にいる筈の長井由紀子を探していた。

鶴賀百貨店から強制されて、この船旅を買わされたのなら、気の毒なことであった。

ニューヨークで、彼女がどんな生活をしているのか知らないが、もし、力になれることがあれば助けてやりたい気持がある。それが、せめてもの上杉の、長井美希子への愛であった。

だが、上杉が長井由紀子をみつけ出す前に牧野蘭子がやって来た。

「悪いけど、駒沢佐知子さんをみつけて欲しいの」

ずっと姿がみえない、といった。

「キャビンにもいないし、パーティにも来ていないようだし……」

「なにか駒沢さんに用でもあるんですか」

「心配なのよ」

形のいい眉をひそめた。

「彼女、そりゃあ社長夫人や会長夫人からひどいこといわれていたし、自分の責任でパーティが遅れたと思って、とり乱していたみたい……慰めてあげたいと思って捜したんだけど、みつからないのよ」

「捜します」

パーティの会場であるカリフォルニアラウンジは、船室のあるフロアとしては真ん中に当った。

一階ずつ、上杉は丹念に人の集まっているところをのぞいて歩いた。

図書室、カードルーム、バア……。

遂にスポーツデッキに出た。

夜のことで、スポーツデッキには誰もいなかった。

船尾のほうにプールがあるが、勿論、泳いでいる者はない。

客の大半が食事の時間であった。

甲板の片すみにデッキチェアが重ねてある。

上杉は、駒沢佐知子をみつけた。

甲板の手すりによりかかって、海をみつめている。

手すりは、かなり高かったから、そこを乗り越えるのは、男でも大変である。上杉が足音を忍ばせるようにして、彼女に近づいたのは、佐知子の背中が、それほど頼りなかったからである。

今にも、手すりを越えて投身してしまいそうな危うさがある。

隣に立って、上杉は声をかけた。

「こんな所にいたんですか」

佐知子が、上杉をみ、慌てて手で顔をかくした。

泣いていた。

「牧野さんが心配していましたよ」

穏やかにいい、上杉は並んで海をみつめた。

波は殆どなく、船はゆるやかに進んでいる。

空には星があった。

「あまり気にしないほうがいいですよ」

低く、上杉は続けた。

「世の中には、人の気持を全く考えない人がいます。すべてが自分の思い通りにいかないと腹を立て、八つ当りをする。それで他人を傷つけていることを知ろうともしない」

佐知子が泣きじゃくった。

「僕も、長いこと、そういう人間に腹を立てていた。怒りを持っていたんです。その気持は今でも変りませんが、ただ、今度、この旅に出て、ふと思ったことがあるんですよ。なんでも思いのままになると思っている人間にも、思い通りにならないことがある。立腹し、怒り狂っている人間は、案外、孤独なんじゃないかと思ったりして……」

星が一つ、上杉のみている空で流れた。

船上で、流れ星をみるのは珍しくない。

「くよくよするのは、おやめなさい。腹が立ったら、あの連中のドレスを丸めて海へ叩き込んでしまったらいい。そのくらいの気持がないと、この船旅を過せませんよ」

甲板を人が歩いて来た。

暗いのでよくみえないが乗組員のようである。

上杉は佐知子をうながした。

「行きましょう。キャビンへ戻って、それから、僕がミッドナイトビュッフェへ御案内しますよ」

そこは夜中、誰でも気軽に食事が出来た。

佐知子は素直に歩き出した。

甲板で、むこうから来る乗組員の男とすれちがう。

なんの気なしに顔を上げた佐知子が、ぎくりと足を止めた。

乗組員は彼女をみることもなく、甲板を歩み去った。

「御存じですか」

上杉がそっと訊いた。

佐知子が、首をふった。

「人違いです……まさか……」

再び歩き出しながら、上杉は今、すれ違って行った乗組員が、つい先刻、レセプションのところで、上杉に駒沢佐知子の名を訊ねた男であるのに気がついていた。

あの男は、駒沢佐知子を、自分が世話になった女性に似ているといっていた。

鶴賀百貨店主催（しゆさい）のパーティは十時に終った。

上杉は、ミッドナイトビュッフェで駒沢佐知子と軽い食事をし、パーティが終る前に、彼女を船室に送り届けた。

パーティを終えれば、彼女は会長夫人、社長夫人の着がえを手伝わなければならない。

ペントハウススイートの部屋の前で、パーティを終えて戻って来た会長夫人、社長夫人を迎えた佐知子は、前よりもずっと晴れやかな顔をしていた。

上杉と過した一時間足らずが、彼女の心を明るくしていた。

異性に、これほど親切にされたのもはじめてなら、異性に心を惹かれたのも、佐知子には最初の経験であった。

恋と呼ぶには、あまりにも急な気持の動き方だが、佐知子は上杉という男にすがりつきたいものを感じていた。

この船旅はパナマ運河を越えてフロリダまで続く。その間に、上杉と何回も会う機会がある筈であった。

そう思っただけで、佐知子の表情は柔らかくなる。

「駒沢さん、なんだか、嬉しそうね」

会長夫人の伸枝がいった。

「しくじりばっかりやらかしていて、よく、そんなに、あっけらかんとしていられることね」

母親の部屋で一緒に着がえをしていた社長夫人もいった。

「全く、これだから、今の人は気楽でいいわ」

脱ぎ捨てられたドレスを抱えて、佐知子はペントハウススイートの部屋を出た。

廊下で、たまたま戻って来たらしい関原英四に出会った。

「君のキャビンはどこかね」

社長に声をかけられて、佐知子は緊張した。

「メディティラニアンデッキの六十二号室でございます」

なにか御用で、と訊ねたのに対して、関原英四は、

「いや、いい」

と手をふって、自分の船室に入って行った。

佐知子はお辞儀をしてエレベーターへ急いだ。

翌朝、サンタクルーズ号は午前四時にサンディエゴ港に入った。

予定より一時間近く早い入港である。

仰天(ぎょうてん)したのは、鶴賀百貨店の重役達であった。

サンディエゴでは、社長が下船する。それについて、重役三人もここからロスアンゼルスへひき返すことになっていた。

彼らは予定通りに五時少し前に身支度をととのえて、アトランティックデッキのレセプションの方に集合した。

すでに、船は岸壁(がんぺき)に横づけになっていて船員は上陸していた。

早起きの客も、見物のために下りて行く。

サンディエゴには五時間の停泊であった。

鶴賀百貨店の社員は下船する者も、客と共にフロリダまで行く者も、揃(そろ)って社長を待

ったが、関原英四は来なかった。

おそらく、寝坊していると誰もが考えた。

サンディエゴからロスアンゼルスへ戻るのは、航空機であった。一応、七時のが予約してあったが、それに乗り遅れても便は沢山ある。

「次の便にチェンジしたほうがいいぞ」

と気をきかす者があって、一人が先に空港へ向った。

七時まで待ったが、社長は出て来ない。

ペントハウススイートはひっそりと寝静まっていた。

船室に電話を入れたものかどうかで、重役達は相談した。

社長はともかく、社長夫人は低血圧で朝が遅いのは知れている。

うっかり叩きおこして、また逆鱗(げきりん)にふれるのではないかと、誰もが考える。

八時になった時、牧野蘭子がレセプションに姿をみせ、社員から、まだ社長が出て来ないということをきかされた。

「それは、ちょっと可笑(おか)しいんじゃありませんか」

蘭子は、関原英四の性格を知っていた。

一度、決めたことは、変更するのを嫌った。

時間にも正確である。寝坊で出発を遅らせるような人間ではなかった。

おそるおそるといった恰好(かっこう)で、重役の一人がペントハウススイートへ電話を入れた。

うるさそうに電話に出たのは、社長夫人であった。

「主人は居りませんけど……」

のどかな返事に重役はぎょっとした。

或る者はダイニングルームへとび、或る者はペントハウススイートへ行った。

ガウン姿の社長夫人が、重役を部屋に入れた。

「主人は出発したんじゃありませんの」

服もなかった。

「昨夜、明日は早いから、起きなくていいと申しましたし……」

その中に、一人の乗組員がサンディエゴに接岸してすぐに、関原英四らしい男が一人で上陸して行ったといい出した。

予定よりも一時間早くに入港したので、鶴賀百貨店の人々は、誰もレセプションの前に集まっていなかった。

関原社長は、そうした連中をおき去りにして、予定通り上陸して行ったのかも知れなかった。

人の意表を衝くのが好きな性格である。

昨日から、社員に対して、えらく立腹してもいた。

なにしろ、英語は達者だし、外国にも馴れている。

一人で下船して飛行場へ行き、航空券を買ってロスアンゼルスへ行くぐらい、なんでもなかった。

社長においてきぼりをくった重役は、あわてふためいて上陸した。タクシーに分乗して、空港へ向った。

そして、サンタクルーズ号は、午前十時にサンディエゴ港を船出したのであった。

第九章　安定

五月の太平洋は、晴天が続いていた。

カリフォルニア半島沿いにサンルカス岬へむかって南下して行くサンタクルーズ号の船上では、漸く船旅に馴れた客たちがスポーツデッキで快い汗を流していた。

乗客は各々、好みのスポーツクラブに所属し、決められた時間に指定のデッキに集合して、テニス、ゴルフ、或いはシャフルボードなどに興じている。

日本人は、もっぱら、ピンポン台を独占しているか、プールサイドで肌を焼くかしている。

陽はもう真夏のようであった。気温も三十度を超えている。

鶴賀百貨店ロスアンゼルス支店長の岡見正夫のところへ連絡が入ったのは、十七日の夕方であった。

ロスアンゼルスから乗船した鶴賀百貨店の重役達は、船上のパーティの終った翌朝、サンディエゴで下船したが、岡見支店長は他の社員と共に、社長命令でフロリダまで行くことになっていた。

なにしろ、今回のクルーズには鶴賀百貨店が集めた三百数十名の客が乗っているのである。

レセプションでロスアンゼルス支店からの連絡を受けた岡見支店長は、その足で牧野蘭子のところへ行った。

プロムナードデッキのロビイの片すみに、机と椅子を並べて臨時のカウンターを作り、そこを鶴賀百貨店関係のお客専用デスクとしていた。ツアーコンダクターや鶴賀百貨店の社員が交替でそこに詰めていて、客の苦情や相談に応じることになっている。

牧野蘭子は上杉信吾とコーヒーを飲んでいた。近づいた岡見支店長をみて、上杉が椅子から立ち上がった。

「ロス支店から電話が入ったのですが……」

浮かない顔で岡見がいった。

「その……どうもよくわからないのですがね、社長が、まだ日本へお帰りになっていないらしいんですよ」

「関原社長がですか」

上杉が合点のいかない返事をした。

関原英四はサンディエゴで下船している。

それは最初の予定通りであった。

ロスアンゼルスを出港した夜に、パーティをし、翌早朝、サンディエゴで下船して、午前七時発の航空機でロスアンゼルスへ戻り、そのまま、乗り継いで日本へ帰国することになっていた。

成田到着は日本時間で十六日の午前四時二十分である。

「関原社長は十六日にロスをお発ちになるのではありませんでしたの」

牧野蘭子が口をはさんだ。

「最初はそうでした。サンディエゴからロスへ戻られて、ロスで一泊なさって、翌日、帰国される筈だったのですが、急に一日早く、日本へお戻りになるといわれて……」

岡見が無表情に説明した。

「十五日にロスを発たれたのなら、もう、日本に着いていなけりゃ可笑しいじゃないですか」

時差を計算しながら、上杉がいった。

「それが、日本から連絡があって、社長がその便に乗って居られないと……」

「ロスはどうなんですの」

苛立たしそうに、蘭子がいった。

「社長は十五日の午後の便に、ロスから乗られたんですか」

「電話の話では、その確認がとれていないみたいなんです」

「だって、空港には、鶴賀百貨店の方がお見送りに出たんでしょう」

サンディエゴ港で、社長に置き去りにされた重役三人も、九時三十分のロスアンゼルス行の便には乗った筈だから、当然、ロス空港から午後出発する成田行の国際線に間に合ったに違いない。

「どうも、電話が要領を得ないんですが、社長はロス空港で予定の便にお乗りにならなかったみたいなんです」

「そんな馬鹿な……」

いいさして、牧野蘭子が口をつぐんだ。

そもそも、サンタクルーズ号が予定より一時間も早くサンディエゴ港に接岸した時から、鶴賀百貨店の重役達は、関原社長にふりまわされっぱなしであった。

社長が一足先に下船したのも知らず、八時すぎまで茫然とアトランティックデッキのレセプションの前で待っていた。

一緒にロスアンゼルスへ戻る筈の重役達を置き去りにした社長も社長なら、その社長を追い切れなかった社員達もどうかしていると牧野蘭子はいいたかったらしい。

岡見支店長が、困惑した様子で牧野蘭子にいった。

「どうしたものでしょう。ロスからの知らせを奥様や会長夫人にお知らせしたほうがいいのか……」

蘭子の眉が動いた。

「そんなこと、私に訊かれても困ります。支店長さんの御判断で適当になさって下さい」

上杉は黙って、視線を甲板のほうへ向けていた。

岡見支店長が何故、牧野蘭子にそんな相談を持ちかけたのか上杉にも不思議に思えた。

牧野蘭子が怒るのも当り前だ。

岡見支店長は、それでも暫く、その場を動かなかったが、やがてのろのろとエレベーターの方角へ歩み去った。

「どうかしているわ。あの人……。T大出の秀才で、鶴賀百貨店きってのエリートだなんて信じられない」

蘭子が呟くようにいい、上杉はかすかに苦笑した。

「たしかに、どうかしてしまったようですね」

彼はロスアンゼルス支店の開店三周年記念のイベントの責任者であった。そのために日本で入院中だった妻の看護も出来ず、臨終にも間に合わなかった。

いってみれば、家族を犠牲にしてまで会社の記念事業に奔走したのに、その結果は、社長から激しく叱責され、甚しく名誉を傷つけられた。

「はっきりいって、イベントは失敗ですし、ロスの支店の業績が悪いことも、社長に露見してしまったんですから、岡見さんとしては生きた心地はしないでしょう」

エリートコースをすべり落ちるだけではなく、彼の将来は鶴賀百貨店において、お先まっ暗なものになってしまった。

「それにしても、社長はどうしたのかしら」

気を変えたように、蘭子が上杉にいった。

もし、岡見支店長のいう通りなら、単身、このサンタクルーズ号を下船した関原英四は今のところ、日本へ戻っていないことになる。

「ロスにもいないということですかね」

鶴賀百貨店のロスアンゼルス支店の人々は少なくとも、社長の消息がわからなくなっている。

「まさか、お忍びで、どこかにってこともないでしょうけれど……」

やや、こわばった声でいい、蘭子は煙草に火をつけた。動揺が、はっきり表情に出ている。

「関原社長は間違いなく、サンディエゴで下船されたんでしょうね」

気になっていたことを、上杉は口に出した。

サンタクルーズ号のサンディエゴ到着は午前四時であった。

まだ、夜があけ切ってもいない、そんな時刻に、果たして関原英四が、一人で船を下りて行くだろうか。

「あの人は、パーティの夜から、かんかんに怒っていたでしょう」

多くの客は、彼のスピーチを無視して談笑し、乾盃の音頭も待たずに、勝手に酒を飲み、料理を食べた。

そういう意味ではパーティはさんざんだったし、関原社長の面目は丸つぶれであった。

「多分、ねむれないくらい、腹を立てていたと思うの」

自分が、関原英四の愛人の立場でものをいっていることに、蘭子は気がつかなかった。

漠然とした不安が蘭子を落ちつかなくさせている。

蘭子の知っている関原英四はプライドの高い男であった。

おそらく、子供の時から挫折ということを知らずに来たに違いない。

鶴賀百貨店の社長となってからも、彼はかなり強引に自分の意志を通して来た。

殊に、ロスアンゼルスに支店を出すことは、会長である浅野善次の反対を押し切って派手にオープンしたのだと、蘭子も関原英四の口から聞いている。

そのロス支店が莫大な在庫を抱え、粉飾決算で、本社をごまかしていたと知れたら、関原英四の立場がない。

本来なら、華やかな勝利の祝典であるべきロス支店のイベントが、関原社長に真実を知らせる結果になって、最もショックを受けたのは、関原英四自身であったろう。

ねむれないままに、夜明けが近づいて、船がサンディエゴに接岸する。

下船の支度をしてレセプションまで行ってみたが、社員は一人も集まっていない。

腹立ちまぎれに、さっさと船を下りてサンディエゴ空港へ行った関原英四の気持が、蘭子には理解出来た。

「それにね……」

少し、きまり悪そうに、蘭子はつけ加えた。

「実をいうと、あたし、関原社長が本当にサンディエゴで下船したかどうか、レセプションで訊いてみたのよ。そしたら、この船の事務員がちゃんと、パスポートを確認しているの」

下船する客、乗船する客は各々、係の事務員がパスポートの検査をする。

上杉は、かすかに笑った。

「それじゃ間違いありませんね」

「そうなのよ。社長はサンディエゴで下りているの。問題は、それからどこへ行ったかだわ」

たまたま、日本人乗客のグループが来てアカプルコでのオプションに参加したい旨(むね)、申し出たので、上杉と蘭子の会話はそこで途切れた。

メキシコのアカプルコ到着は明朝八時の予定であった。出港は真夜中の十二時だから、アカプルコで十六時間、停泊することになる。

船旅の一つの楽しみは、寄港先で上陸し、その地方の観光をすることであった。

サンタクルーズ号でも、アカプルコ観光のオプションの用意があって、申し込めば一日観光バスでアカプルコを遊覧する。

日本から来た鶴賀百貨店の旅行客の大半がこのオプションを利用することになって、上杉はもっぱら、その受付をして午後の時間を過した。

仕事が一応、片付いた時、隣の席に牧野蘭子の姿はなかった。いつ、彼女がいなくなったのかは気づかなかったが、大方、客に呼ばれて行ったものであろうと思い、上杉は手近のポットをひきよせて、コーヒーを飲んだ。

小さな足音がして、駒沢佐知子が姿をみせた。

いつも、地味な服装の彼女が、珍しくオレンジ色のシャツに、白いスカートという恰好で、片手に丸めたサロンエプロンを持っている。

「洗濯室に行って来たんです。乾燥機が終るまで、ちょっと時間があったので……」

そんな弁解をしながら、デスクに近づいた。

鶴賀百貨店の会長夫人である伸枝も、その娘の社長夫人も、下着の洗濯まで佐知子にさせているらしいのを、上杉は知っていた。

このサンタクルーズ号には、船客が自由に使える洗濯室とアイロン室があって、最新式の洗濯機と乾燥機が、五台ずつ、備えつけてある。

佐知子は二日に一度くらいの割合で、そこを利用していた。

「あの……さっき、社長夫人のお部屋に岡見支店長がおみえになったんです」

上杉が彼女のために、コーヒーを一杯、ポットから注いでやると、佐知子は嬉しそうに受け取り、遠慮がちに話し出した。

「社長さんが、まだ、日本へお帰りになっていないとか……」

彼女の表情が如何にも心配そうだったので、上杉はつい、いった。

「ええ、その話なら、さっき聞きましたよ。しかし、あまり気にすることはないんじゃないですか。関原社長は今度のイベントのことでも、相当、ロス支店の人々に不信の念を持たれたようだし、激怒されてもいたようだから、支店に連絡をせず、案外、ロスあたりでなにかしているんじゃありませんか」

佐知子が上杉を窺うようにした。

「なにかって……」

「ロス支店は帳簿上、随分、無理をしていたようですね。つまり、ちっとも儲かっていないのに、さも、売り上げが伸びているように本社に報告していた。ところが、現実には在庫品をもて余し、売れもしないのに仕入れは中止出来ないという、ひどい状態にあった。それを知った社長は、なんとか起死回生の方法はないかと、ひそかに奔走しているんじゃありませんかね」

「そういうことでしたの」

佐知子が頬をゆるめた。

「わかりませんよ。あくまでも、僕の推測ですから……もしかすると、社長に愛人がいて、その人と西海岸のどこかで落ち合って二、三日、デイトをして日本へ帰られるのかも知れない。なにしろ、奥さんはこの船にいるわけですから、鬼のいない間のなんとやらですよ」

「でも、社長さんが、そんなことで行方知れずになったら、大さわぎになるでしょう」

「本社の重役は、知っているんじゃありませんか。ロスの連中だけが、カヤの外におかれているだけで……」

佐知子がほほえんだ。

「上杉さんって、いろいろなことをお考えになりますのね」

「添乗員をしていると、さまざまのお客に会いますからね」

実際、ツアーで外国旅行中に愛人を呼びよせたり、愛人を伴ってツアーに参加したりする例は、よくある話として添乗員仲間で茶飲み話にされている。

このデスクのあるロビイはプロムナード用の甲板に出られるので、夕方になると散歩やジョギングの客が各々の部屋からやってくる。

船の甲板は必ずしも、船を一周するようには出来て居らず、プロムナードデッキの甲板だけが、まるで競技場のコースのように船上をぐるりと廻っている。

ロビイに長井由紀子の姿がみえた。上杉のほうへ軽く会釈をして、すぐプロムナードデッキへ出て行く。

「あの方、日本からいらしたお客様ですか」

佐知子に訊かれて、上杉は我に返った。どうも、長井由紀子をみると、反射的に長井美希子かと思ってしまう。それほど、長井姉妹は、よく似ていた。

「いや、あの人はニューヨークから来て、ロス支店からこのツアーを買ったお客ですよ」

「ニューヨークからですか」

佐知子は、なにか気になるように、長井由紀子の出て行ったドアを眺めていたが、

「大変、洗濯物が出来上がっているわ」
あたふたと、廊下を走って行った。

上杉が、関原社長に関する話を聞いたのは、夕食のあとであった。

「社長夫人も会長夫人も、のんきというか、冷たいというか、岡見支店長が社長のことを報告しても、多分、別の飛行機で帰ったんでしょうって、驚きもしなかったそうよ。それどころか、アカプルコには、おいしい日本料理の店はないか、ですとさ。メキシコシティならともかく、アカプルコに、気のきいたジャパニーズレストランがあるわけないじゃないの」

牧野蘭子の言葉の中に、上杉は二つの感情を発見した。

一つは、社長の行方を気づかって居り、もう一つは、社長に関して社長夫人が無関心なことを喜んでいるような点であった。

それは、上杉にとって、牧野蘭子に関する一つの発見であったが、彼は勿論、そのことを口には出さなかった。

五月十八日、船客が朝食を摂っている時刻に、サンタクルーズ号は、アカプルコに入港した。

アカプルコの岸壁はサンタクルーズ号のような大型客船は接岸出来ないので、サンタクルーズ号は港の沖に停泊し、テンダーと呼ぶモーターボートで船客を桟橋へ運んだ。

客たちは、そこに待っている大型バスに分乗して、一日のアカプルコ観光に出かけて行く。

バスには、鶴賀百貨店のロス支店の社員がつき添いとして同乗して行き、日本からついて来た添乗員は上杉と田中良明だけが二台のバスに分れて乗った。牧野蘭子は船に残った。

会長夫人と社長夫人は九時をすぎないと起きて来ない。それから身支度をして、彼女達だけ、観光用セダンでアカプルコを廻ることになっていたから、牧野蘭子が船に残ったのは、そのお供をするためであった。

アカプルコの観光コースは、たいしたものではなかった。

岬の上のホテルへ行って、数百メートルもあろうかという断崖からの死のダイビングというショウを見物したり、豪華なホテルや有名人の別荘をみて廻り、町でショッピングをして、支倉常長の像を見たり、その間に予約してあったホテルで昼食をすませたりといったふうである。

「社長、もう日本へ帰っていますかね」

昼食の時に、田中良明がいった。彼の耳にも、関原社長が予定の便に乗っていなかったことが入っている。

「いくらなんでも、もう帰ったと思うんですよ。鶴賀百貨店はワンマン体制だから、社長が長く日本を留守にすることはないんです」

田中良明は、上杉よりも鶴賀百貨店の内部事情にくわしかった。

田中良明の言葉にうなずきながら、上杉は別のことを考えていた。

昨日、駒沢佐知子にあんなことを喋ったくせに、上杉は関原英四が商売にせよ、女との情事にせよ、アメリカの西海岸あたりでうろうろしている筈はないと思っている。

理由は、なにもなかった。ただ、彼の直感が、関原英四の行方不明について、容易ならぬものを予期していたようである。

それが現実となったのは、一日の観光を終えて、サンタクルーズ号へ戻った時であった。

船客の多くは、一日の観光でうっすらと陽焼けし、アカプルコの町で買った土産物を手にして機嫌よく、各々の船室へ戻って行った。

上杉は最後のテンダーであった。

桟橋付近には露店が並んでいて、メキシカンハットだの、色鮮やかな敷物、肩掛けなどを売っている。

値切れば、いくらでもまけるというので、日本人客の中には、かなりねばっている者もあって、上杉はその人々を待っていた。

長井由紀子は、露店のある広場の方角からではなく、車道の向い側の、船客相手の商店やレストランが軒を並べているほうから、上杉の方へ走り寄って来た。

「さっき、ここでサンタクルーズ号へ行く鶴賀百貨店の人に会ったんです。会長夫人や社長夫人はまだ船にいらっしゃるかって訊かれて、多分、そうじゃないかと答えたんですけれど、その時、社員の人が、社長が行方不明だというようなことを……」

上杉は胸の中で、指を折った。

関原英四がサンタクルーズ号を下りたのは五月十五日の早暁である。今日は十八日。

テンダーの船員が上杉に手を上げた。もう、出発するという。

上杉は露店のあたりにいた日本人客を集めて、長井由紀子と一緒にテンダーに乗った。

サンタクルーズ号に戻ると、田中良明が近づいてきた。

「僕たちの留守に、ロス支店から人が来たようですよ。社長が行方不明で本社も大さわぎだそうです」

岡見支店長が、上杉が戻ったら、社長夫人の部屋へ来てくれといっているといわれて、上杉はエレベーターで、スカイデッキへ上って行った。

社長夫人の部屋には、社長夫人の真理子と会長夫人の伸枝、それに岡見支店長と、ロスから来たらしい重役が二人、すみに牧野蘭子がいた。

「上杉です。只今、戻りました」

頭を下げると、伸枝が待っていたように訊ねた。

「上杉さんは、関原からなにか聞いていませんか。たとえば、サンディエゴから、どこへ行くとか……」

上杉は、あっけにとられた。

「なにも、うかがって居りませんが……」

「かくさずにいって下さい。関原が、どこかで女と待ち合せをするというような場合、旅行社の人に、ホテルや航空券の予約をたのむと思うのですよ」

仲枝がいい、真理子がつんとそっぽを向いた。

「あの人に女がいるんじゃないかとは思っていたのよ。どこの誰か知らないけれど、大方、バアの女か、芸者か、そんなところだと思うわ。なにも、外国でかくれ遊びなんぞしなくても……人さわがせったら、ありゃしない」

岡見支店長が、おずおずと口をはさんだ。

「お言葉ですが、社長が女と会うために、我々に内緒でどこかへいらしたということは、あり得ないと思います」

「あんたは、関原のお茶坊主だから、関原をかばうのかも知れないけれど、女でもなくて、なんで関原が行方不明になるのよ」

真理子がヒステリックに叫んだ。

どうやら、会長夫人と社長夫人はアカプルコ観光から帰って来て、ロス支店の重役から関原英四の行方不明をきかされたところらしい。

お茶坊主とまでいわれて、岡見支店長は顔色を変えたが、それでもいうだけのことはいわねばならないといった調子で続けた。

「たとえば、もし、社長が、奥様のおっしゃる通り、どこかで女性と待ち合せをなさったとしても、今日は十八日です。本社では社長が十四日にロスのホテルから国際電話で、十八日に重大な会議をするから、重役達にその旨、伝えておくようにと指示をされているそうです。その十八日になっても、帰国されないというのは可笑しいと思います。もし、なにかの理由で帰国を延ばされるのなら、当然、本社へ御電話がある筈です。それもないというのは、どう考えても異常だと思います」

会長夫人が蒼ざめた顔で、無理に苦笑してみせた。

「スーパーYOUの社長の関原謙之助さんは芸者と温泉へ出かけて、重要会議をすっぽかしたことがあるそうですよ。その人の息子だから、英四さんもなにをするかわかりませんがね」

上杉は、会長夫人が必ずしも、本気で関原英四が女と雲がくれしたとは思っていないのをみてとった。

真理子はともかく、会長夫人は馬鹿な女ではなかった。

突然、関原英四の行方がわからなくなって、女とデイトなら、まだ助かるというところであった。

本社に十八日に会議をすると指示している以上、よくよくのことでない限り、関原英四は、それまでに帰国する筈であった。

それが、連絡もなく、消息も知れないというのは、最悪の事態が想像される。

「サンディエゴで下船されてから、社長のお身に、なにかが起こったのではないでしょうか」

そっといったのは、牧野蘭子であった。

「そんなことは考えたくもありませんが……サンディエゴ港の周辺は、あまり治安がいいとはいえません。港町には共通のことですが……それに、社長が船を下りられた時刻は、まだ夜があけていませんでしたし……」

サンタクルーズ号が接岸した桟橋（さんばし）は、ともかく、港の建物の中も、外も、人の気配はなく、僅（わず）かな店も閉まったままであった。

外国において、日本人はねらわれやすいといわれている。

現金を身につけていること、高級品を持っていることなどが、その理由であった。

「あんた方がいけないのよ。社長一人を下船させて、ぼんやり、船の上で待っていたなんて……あんた方が馬鹿だから、こんなことになったんじゃありませんか」

真理子が、叫び出した。

そういわれると、岡見支店長以下、なにもいえない。

「とにかく、これからサンディエゴへ行って、警察に届けます。すでに、支店の者がサンディエゴへ行って居りますので、その者たちと相談しまして……」

問題は、会長夫人と社長夫人であった。

このまま、乗船するか、それともロスアンゼルスなり、東京へなり戻るか。

「帰っても仕方ありませんね」

というのが、会長夫人の結論であった。

「警察に捜査を依頼するのはよろしいが、くれぐれも慎重に……決して外部に洩れないようにして下さい。仮にも、鶴賀百貨店の社長が、イベントの最中に行方不明などとマスコミに知られたら、どんな書き方をされるかわかりません。万一、英四がどこからか出て来て、それが世間体の悪いことだったら、とりかえしがつきません。それに、私達がここで下船したら、日本人のお客に不審がられるでしょう。鶴賀百貨店のイベントはパナマ運河を越えるまで続いているのです。お客様を放りっぱなしにして、私達が下船するわけには行きませんよ」

理屈からいえば、その通りであった。

岡見支店長やロス支店の者にとっても、会長夫人や社長夫人がロスアンゼルスへ来たところで、厄介なだけであった。

船を下りないというのは、彼らにとって、もっけの幸いというべきである。

「では、なにか判明しましたら、船へ御連絡申します。何分、よろしくお願い致します」

岡見支店長はロスアンゼルスからきた重役と共に、下船することになり、その手続きをすませた。

すでに、夜であった。

なにも知らされていない、鶴賀百貨店の客達は、いつものように豪華な夕食をすませ、それから、一休みして甲板に出た。

真夜中の出港に際して、アカプルコの港からは、いっせいに花火が上がった。

夜空に大きく、赤や青の光の花が咲く。

上杉が甲板に出ていると、牧野蘭子が寄って来た。

彼女がろくに食事をしていないのを、上杉は知っている。

「大丈夫かしら……」

声が怯(おび)えていた。

「社長に、もしものことがあったら……」

低く、蘭子が告白した。

「あたし、どうしていいかわからない。英四に、万一のことがあったら……あたしは生きて行けないわ」

それは、彼女自ら、関原英四の愛人であることを上杉に打ちあけたようなものであった。

上杉は、返事をせず、港をみつめていた。

関原英四は、どうなったのか。それは、上杉にとっても無関心なことではなかった。少なくとも、彼がこの船旅の中(うち)にやりとげようとしていたことに、大きなかかわり合いがある。

汽笛が鳴り響いた。

それに応じて、花火が夜空を染める。

桟橋(さんばし)の上では、大勢の見物人が集まって、華麗(かれい)な船出を見物しているようであった。

だが、鶴賀百貨店の社長一族である会長夫人、社長夫人にとっては、或(あ)る意味でその夜のアカプルコは死への船出であった。

アカプルコを出港したサンタクルーズ号は、まっしぐらに、パナマ運河の太平洋側の入口、バルボアへ向っている。

第十章　停止

五月二十一日の夜八時に、サンタクルーズ号はバルボアに到着した。

バルボアは、パナマ運河の太平洋側の入口だが、船が接岸したところは、暗く、小さな照明がついているだけで、ひどくもの寂しい感じであった。

もっとも、ここで下船する乗客はない。

この船旅のハイライトであるパナマ運河越えを目前にして、船を下りるのは病人でもなければあり得ないことであった。

アカプルコで船客が観光のために船を下りた際には一人一人にボーディングカードが渡されたが、ここではそれもなかった。

船員達が食糧品などを積み込んでいる脇を通って、岩壁に下りる乗客もあったが、暗い構内になにがあるわけでもなく、みんな早々に船室へ戻って行く。

上杉信吾も三、四人の日本人客と一応、岩壁へ出て、そのあたりを歩いてみたが、税関の建物が黒々と闇の中にみえるばかりで、人通りもない。

船員に訊いてみると、サンタクルーズ号は明朝、一番にパナマ運河を越えるそうで、おそらく午前五時三十分頃の出港になるという。

「パナマ運河へ入るところは、是非、ごらんになって下さい。船が水の階段を上って行くのは壮観(そうかん)です。それを見るためには、午前六時くらいから船の前方の甲板にいらっしゃるのがいいと思います」

上杉信吾と岩壁へ下りていた日本人客は、それを聞くと、すぐ船へ戻って行った。

明日に備えて、今夜は早寝をしたほうが利口(りこう)である。

上杉は甲板にいて、出会う限りの日本人客に、同じことを告げた。

日本人乗客専用デスクの壁にも、パナマ運河通過の予定を書いて張り出した。

その日本人乗客専用デスクには、添乗員の一人である田中良明がつめていたが、牧野蘭子の姿はみえなかった。

「牧野さんは、どうしたんですかね」

上杉が訊ねると、田中は、

「さあ、おそらく、会長夫人や社長夫人につかまっているんじゃありませんかね」

と首をすくめてみせた。

アカプルコを出港してから三日目であった。

関原社長の消息が判明したという知らせは今のところ、この船に届いていない。

つまり、相変らず行方不明に違いないのだ。

社長夫人の真理子は勿論(もちろん)、気丈な会長夫人の仲枝ですらも、神経的に滅入(めい)っているらしいのが、時折、船内でみかけるだけでもよくわかる。

牧野蘭子の話によると、二人共、食が細くなって、船中の催し物にも顔を出さず、船室にこもりがちだという。

その牧野蘭子も、かなり参っていた。

ダイニングルームで食事をすることが少なくなり、ルームサービスをたのんだりしているし、どこか落ちつかないふうで、添乗員としての役目も滞りがちであった。彼女もまた、自分の船室にこもっていることが多くなっている。

で、上杉はもっぱら、田中良明と相談して、添乗員の仕事をこなしていた。

「いよいよ、パナマ運河ですね」

田中は、このデスクのあるロビイを行き来する人々を眺めながら、上杉にいった。

「船客が、みんな興奮していますよ」

パナマ運河を通過するというのは、この船旅の中でも、ビッグイベントであった。サンタクルーズ号の乗客の殆どが、それをたのしみに、この船の客になったようなものである。

「上杉さんは、パナマは何回か通っているんですか」

田中に訊かれて、上杉は苦笑した。

「実は、はじめてなんですよ。カリブ海のクルーズには乗ったことがあるんですが……まあ、ニューヨークにいた時分に、パナマ運河を通過して来た友人から、話は随分、きかされていますが……」

「僕も、はじめてなんです」

　田中が、手を頭へやりながらいった。

「パナマどころか、船旅もこんな豪華客船というのは初体験で……しかし、贅沢なものですね」

　上杉もうなずいた。

　空を飛べば、ロスアンゼルスからフロリダまで数時間のところを、船旅は悠々と十日をかけて到着する。

　サンタクルーズ号クラスの豪華船ともなると、船室は高級ホテル並みだし、三度の食事も至れり尽せりで、バアもグリルも真夜中まで開いている。

　プールは二か所にあるし、トレーニングルームにはサウナやスチームバスの設備もあった。

　美容室から理容室、それに医務室もあって医者が待機していた。

　各種のスポーツが、スポーツデッキで時間ぎめで行われるし、ダンスやフランス語のレッスンもある。毎夜のようにショウが催され、映画のプログラムも組み込まれていた。

　寄港地ではオプショナルで観光が出来るようにもなっている。

「商売柄、沢山の旅をしていますが、船の旅が、もっとも旅らしい旅だってことがよくわかりましたよ」

それは上杉も同感であった。

「しかし、一生の中で、そう何回も経験出来ることじゃないでしょう」

贅沢な旅は、それだけ高価でもある。

「ハネムーンですかね」

田中が笑った。

「上杉さんは、まだ独身でしょう」

「失恋して乗ることになるかも知れませんね」

夜が更けて、ロビイに人通りがなくなった。

このデスクは通常、午後九時までだったが、上杉は田中が船室へ戻ったあとも、一時間ばかり、そこにいた。

ひょっとして、長井由紀子をみかけるかも知れないという気持があった。

アカプルコを出て以来、彼女に会っていない。

広い船内のことであった。

ダイニングルームも二か所に分れているし、それも二交替であった。

長井由紀子は、上杉が添乗して来た日本人グループではなく、個人でこの船に乗っている。その上、彼女の船室がどこなのか、上杉は知らなかった。無論、フロントで調べれば容易に判ることだったが、上杉はそれをしなかった。彼女に関心がある一方で、彼女に自分から接近するのをためらうものが、上杉の心中にあったからである。

それでいて、偶然に長井由紀子に会い、彼女のほうから話しかけてくれることを、上杉は期待していた。彼女と話すことで、彼女が何故、この船に乗ったのか、本当の理由を知ることが出来るかも知れないと思ったりする。

しかし、十時を過ぎても、そんな機会は訪れなかった。

デスクに「今日は終りました」の看板をのせて、上杉はロビイの扉を開け、甲板に下りた。

南国だから、夜風はむしろ快かった。

サンタクルーズ号と岩壁(がんぺき)をつないでいるタラップでは、まだ船員が積荷(つみに)の作業をしていた。

船室へ戻ろうとして船の階段を下りて行くと、紙袋を手にした牧野蘭子と出会った。

紙袋からブランディの瓶がのぞいている。

「ねむれないものだから……」

そんな弁解をして、蘭子はそそくさと自分の船室へ去った。

上杉が目ざめたのはエンジンの音によってであった。

時計をみると午前五時二十分、予定よりも十分早い出港である。

身支度をして、上杉は船室を出た。

まだ夜はあけていない。

甲板は風が吹いていた。

気の早い船客は、もう甲板を船の前方へ向けて歩いている。その中には日本人客もいて、上杉は、彼らに声をかけながら、舳先のほうへ行った。

すでに十数人の客が暗い中に集って、前方をみつめている。パナマ運河の通過を待ちかまえている興奮が小さなざわめきの中にも感じられた。

「こんなに暗くては写真がとりにくいですね」

上杉の近くで、日本人客の声がした。

この節、流行のオートマティックのカメラのフラッシュでは、限度がある。

「間もなく夜があけるでしょう」

暗い中で鳥の囀りが聞えていた。

サンタクルーズ号は、すでに河のようなところにすべり込んでいた。両岸はぐんとせばまっている。

やや、ほの白くなった空には雲が多かった。

前方に運河の施設らしい建物が眺められる。建物には、まだ夜のままの灯火がついていた。青く光る矢印のライティングが左右二つある水路の左側を指している。

上杉が甲板からのぞいてみると、サンタクルーズ号の横腹にタグボートがぴたりとついて、運河へ向けて誘導しているのがわかった。

「ああやって、船を正しい方向へ進めるんですね」

耳の近くで、聞きおぼえのある声がして、上杉はふりむいた。

赤い格子のシャツの上に白いブレザーを羽織った長井由紀子が、上杉のすぐ背後に立っている。ふりむいた上杉へ、

「お早うございます」

と小さく挨拶をした。

「いつ、来たんです」

上杉が訊き、彼女は、

「つい、今しがた……」

やはり、低声で答えた。

「流石に皆さん、今日は早起きですね」

あたりを見廻すようにして続けた。

「そりゃそうですよ。この船に乗って、今朝からのイベントを見逃すことはない」

「会長夫人も社長夫人も、みえてますわ」

長井由紀子の言葉で、上杉はそっちをみた。

成程、パンタロン姿の会長夫人と社長夫人が、舳先のやや右寄りのところに立って、手すりにもたれるようにしてあたりを眺めている。その傍には鶴賀百貨店の社員らしい男と牧野蘭子がより添っていた。

漸く、夜があけてくる気配であった。

ほの明るくなった船の前方に黒い水門がみえる。船が近づくと、水門は左右にゆっくり開いた。

上りはじめた朝陽が、水門を照らし出す。

船が水門を入るところで、タグボートはサンタクルーズ号から離れた。

その代りに水門の左右のコンクリートの崖の上に待機していた二台の牽引車からサンタクルーズ号へワイヤロープが投げられて、船と車が結ばれた。

牽引車が進むと、船はそれにひっぱられて水門の中に入って行く。

船の前に、もう一つの水門があった。これは閉じられたままである。

船員が舳先にいる乗客に船尾へ行ってみろと勧めている。

「行ってみませんか」

長井由紀子にうながされて、上杉は他の客と一緒に船尾へ急いだ。

船尾はちょうど第一の水門を入ったところであった。

みつめている人々の前で、開かれていた第一の水門が重く、閉まった。

サンタクルーズ号は、第一と第二の水門の間で、ちょうどドックの中におさまったような恰好で停止している。

「みて、上杉さん、船がもち上がって行く」

長井由紀子が叫んだ。

たしかに、サンタクルーズ号は、第一の水門の前をぐんぐんせり上がって行く。

「水が増えているんですよ」

停止している船の左右の壁から激しい勢いで水が流れ落ちていた。

つまり、巨大なプールの上に浮んでいるようなサンタクルーズ号は、プールの水量の増加に従って、十数メートルも持ち上げられることになる。

「前方の水門が開きましたよ」

舳先のほうで日本人の声が知らせていた。

船の左右の牽引車がチンチンとベルを鳴らして船と一緒に岩壁（がんぺき）の傾斜（けいしゃ）を上り切り、再びサンタクルーズ号をひっぱって前進する。

第二の水門はすでに開いて、船は第三の水門へ近づいて行く。すると、後方の第二の水門が閉まって、停止した船は二番目のプールの水が増量することによって、更に十数メートル、せり上がる。

「水の階段とは、うまいことをいったもんですよ」

思わず、上杉は呟（つぶや）いた。

「僕の友人が、パナマ運河は、水の階段を船が上って行くのが面白いといったんですがね」

「パナマ運河って、川や湖を利用して作ったので、太平洋や大西洋よりも水位の高いところにあるんですってね」

由紀子がいった。

「だから、こうして水門を通る度に、船の水位を上げていくんですのね」

「たしかに、これは圧巻ですよ」

船客は甲板の上を行ったり来たりしていた。

船の前方に立っているだけでは、この水の階段を上って行く面白さを、充分、満喫することが出来ない。

「みて、上杉さん、反対の水路を船が下りて行くわ」

再び、由紀子が上杉に教えた。

サンタクルーズ号が上って行く水路の右手の水路を、こちらとは逆にアメリカ船籍の船が太平洋側へ向って一段ずつ、水の階段を下りて行くのがみえる。

陽は、いつの間にか高く上っていた。

甲板は、南国の太陽を浴びて、気温が上昇している。

最後の水門を出て、サンタクルーズ号はパナマ運河の航海に入った。

運河といっても、広い湖の中である。

両側には椰子の林がみえ、色鮮やかな鳥が枝から枝へ飛び交うさまが、別天地のようであった。

船客の大半は朝食をとるのも忘れて、その景観に目を奪われている。

「パナマ運河というのは、狭い水路の中を進むものだとばかり思っていたんです。こんな湖に出るとは、びっくりしました」

と上杉に話しかける客もいれば、

「まるで、松島みたいですね」

と感想を述べる客もいた。

実際、サンタクルーズ号の進んで行く運河上に無数の小島が散らばっていて、時にはその島かげから白い船が静かにこっちへ進んでくるのを目撃したりもする。

そうした船の中には、サンタクルーズ号のような客船もあるが、貨物船も多かった。

船籍はアメリカ、スイス、香港（ホンコン）、西ドイツなどまちまちだが、日本の会社名を書き込んだコンテナを積んでいる船もある。

「パナマという国は、面積が七万五千六百五十平方キロ、人口がおよそ百八十八万といわれています」

甲板の片すみに、日本人客を集めて、牧野蘭子が説明をはじめていた。

「運河の国と呼ばれるように、パナマ国民の大半は、この運河で働いて居り、運河がこの国の重要な財源になっています。ところで、皆さん、パナマ運河の水は、海水と同じ塩分を含んだ水だと思いますか、それとも真水だとお考えでしょうか。今日、ごらんになったように、船は階段を上るように水位を上げて運河に入りました。パナマ運河は自然の川や湖を利用して作られた水路です。しかも、海よりかなり高いところにあるので、当然、水は真水なのです」

上杉は、客の後方から牧野蘭子の説明に耳を傾（かたむ）けていた。

流石（さすが）、ベテランの添乗員だけあって、心中に多くの不安を持っていながら、そのことを客に気づかれないように、こうして、行き届いたサービスをしていると思った。

説明が終ると、牧野蘭子は上杉のところへ来た。

「午後一時から船尾でゴルフのトーナメントがあるでしょう。お客様で参加なさりたい方の申し込みはとってあるのでしょうね」

上杉はあっけにとられた。そんなことは初耳である。

「困ったわね。レセプションが、あなたや田中さんにも説明していると思ったのに……」

ということは、牧野蘭子がレセプションから通知を受けていて、そのことを上杉や客達に伝えるのを忘れていたことになる。

「今からでも間に合うと思うわ。田中さんに協力してもらってすぐに、皆さんの御希望をきいてちょうだい」

あたふたと上杉は甲板にいる田中良明を探し、二人で日本人客の一人一人を探しては、その旨（むね）を伝えた。

希望者の確認が出来たのは、昼食の時である。

「海へむかって打球するなんて、爽快でしょうね」

ゴルフをしない客も見物をしたいということになって、多くの日本人客は午後一時に船尾に集まった。

高いところに打球用の場所が作られて、ゴルファーたちは、係員からボールをもらって、一人ずつ、海へ向ってクラブを握った。

船尾からは、距離を決める目じるしの旗が見渡せる。

トーナメントが始まると、船上は応援の声や拍手で賑(にぎ)やかになった。

「すみません。上杉さん、気分が悪くなった人がいるんです」

鶴賀百貨店の社員が知らせに来て、上杉はトーナメントの世話係を田中にまかせて、甲板を走って行った。

日本から来た客の中で、七十歳の大竹昌子という老婦人が船員に担架で運ばれて行くところであった。

「甲板が太陽が照りつけて暑いのと、行ったり来たりして疲れたんだと思うんですが……」

鶴賀百貨店の社員は、自分も疲れ果てた顔でいった。

医務室へ運び、医師の治療を受けていると、今度はアメリカ人の老夫婦が船員の肩にすがって入ってきた。目まいがして、足がもつれるといっている。

「なにしろ、今朝が早かったし、みんな興奮して走り廻っていましたからね」

あとから様子をみに来た田中も呟(つぶや)いた。

たしかに、上杉にしても、田中にしても体が重く感じられた。

サンタクルーズ号が、パナマ運河を通過したのは午後二時すぎ、今度は水の階段を下って行って大西洋側に出る。

水門をあとにして外洋へ出た船は、今までとはうってかわった高い波の中をフロリダへ向った。

その日の夕食は常にも増して賑やかであった。

船長から船客全員にシャンペンのサービスがあり、ダイニングルームは沸き立っていた。

パナマ運河を一日がかりで通過したという感動の声も、あちこちで聞えている。

フロリダ到着が明後日ということもあって、日本人乗客はダイニングルームでの記念撮影をはじめていた。

テーブルを囲み、グラスを上げて写真をとる。

上杉も田中も、そうした客の要望でシャッターを切る役目を仰せつかっていた。

牧野蘭子がダイニングルームに顔を出したのは、そんな時であった。

「上杉さん、ちょっと……」

呼ばれて上杉は、テーブルを離れた。

ダイニングルームのすみへ行くと、蘭子が声をひそめて訊いた。

「会長夫人も社長夫人も、おみえになっていないわね」

「ええ、まだ、みえてませんが」

会長夫人と社長夫人のテーブルは奥の窓ぎわであった。

そこには、誰もすわっていない。

日本から来た客の殆どが、ロスアンゼルスを出港して間もなく、会長夫人と社長夫人を無視するようになっていた。

彼女達が姿をみせなくとも、食事をはじめるし、彼女達の食事が終っていなくとも、どんどん、席を立つ。

テーブルも別であったし、客達が気を遣う必要はなかった。会長夫人も社長夫人も、客達とはもっぱら別行動であった。

で、今夜も、彼女達が現われない中に、みんなの食事がどんどん進められていたのだ。

「ロビイでお待ちしていたんですけどね、いつまで経っても、おいでにならないので……」

「着がえに手間どっているんじゃありませんか」

と上杉は答えた。

会長夫人と社長夫人が食事時間に遅れてくるのは、毎度のことであった。

「駒沢さんも、来ていないわね」

牧野蘭子がいった時、その駒沢佐知子が赤い顔をして入って来た。

「すみません。思いがけない人に会いましたので、話し込んでしまって……」

「あなた、会長夫人と社長夫人のお召しかえは……」

蘭子が訊ねた。

「それが、今、うかがってみたら、お部屋にはいらっしゃらないようなので、てっきり、もうダイニングルームかと思って……」

「いえ、お二人とも、まだ、おみえじゃないのよ」

駒沢佐知子は、うろたえた。

「でも、何度、ノックをしてもお返事がありませんでした。会長夫人のお部屋も、社長夫人のお部屋も……」

「あなたが、今日、お二人のお世話をしたのはいつ頃なんですか」

蘭子が訊き、佐知子はすぐに答えた。

「お昼の食事のあとで、会長夫人が、少し疲れたから、部屋で休むとおっしゃって、私がバスルームの支度をしました。社長夫人はベッドに横になっていらして……夕食のお召しかえは六時頃に来るようにと……でも、あたし、少し、遅れてしまって……」

上杉は腕時計をみた。

七時をすぎている。

「疲れて、おやすみになっているのかも知れないわね」

独り言のように、牧野蘭子がいった。

「今朝が早かったし……」

「もう一度、お部屋へ行ってみましょうか」

怯(おび)えたように、佐知子がいった。

命ぜられた時間に行かなかったことを気にしているようである。

「いいわよ。そっとしておきましょう」

蘭子が上杉をみた。

「そのほうがいいんじゃないかしら」

上杉も同意した。

ダイニングルームの食事時間に間に合わなくとも、グリルのほうは、午前二時まで食事が出来た。勿論、ルームサービスという手もある。

疲れ切って、ねむりこけているところを無理に叩き起して、機嫌を悪くされることもない。

「それじゃ、牧野さんも駒沢さんも食事をして下さい」

何事かと立って来た田中良明がいい、二人の女性は席についたが、どちらも、それほど食欲があるようではなかった。

いろいろと問題の多かった船旅が漸くラストに近づいて、牧野蘭子も駒沢佐知子も疲れ切っているようであった。

食事が終ってダイニングルームを出る時、牧野蘭子が時計をみながら思案顔でいった。

「やっぱり、会長夫人のお部屋、ノックしてみようかしら。もし、お具合でも悪いのだといけないし……」

そういわれて、上杉も気になった。

今日のパナマ運河越えでは、老人が何人か疲労のために、医務室の厄介になっている。会長夫人は五十九歳で老人というには早いが、普段、スポーツをやっているわけでもなさそうだし、体力があるようには思えない。社長夫人の真理子のほうは低血圧であった。

「一応、そうしてみますか」

「駒沢さんも来てよ。もし、すぐにお召しかえなんてことになるかも知れないし……」

蘭子と上杉と佐知子がそろって最上階にある会長夫人の部屋へ行った。

遠慮がちに、蘭子がドアをノックする。

返事はなかった。

「そういえば、駒沢さんは、こちらのお部屋の鍵をおあずかりしているんじゃなかった」

蘭子にいわれて、佐知子がうなずいた。

「はい、一つおあずかりしています」

会長夫人や社長夫人のドレスをアイロンがけしてこの部屋へ届けに来る際、一々、会長夫人がドアをあけるのは厄介だという理由で、二つのスイートルームの鍵を佐知子は一つずつあずかっていた。無論、会長夫人も社長夫人も、各々一つ、自分の部屋の鍵を持っている。

「それじゃ、佐知子さん、その鍵でそっとドアを開けて、会長夫人の御様子をみて来て下さらない」

佐知子が上着のポケットに手を入れた。それからハンドバッグを開けて、なかを探す。

「すみません。私、おあずかりした鍵を、自分の部屋へおいて来てしまったみたいなんです」

すぐとって来ます、といって走り去った佐知子が、待っても待っても戻って来ない。

上杉と蘭子が廊下に突っ立っていると、この階の部屋付きのスチュアードが、銀のお盆に水さしとコップをのせて、こっちへやって来た。

毎晩、ベッドメイクのためにこの部屋へ来るのであった。

「ちょうど、よかったわ、彼に様子をみてもらいましょう」

蘭子がスチュアードに事情を話し、彼がドアを馴(な)れた手つきでノックした。やはり、返事はない。

「部屋でやすんでいらっしゃるのなら、チェーンがかかっているでしょう」

そういいながら、スチュアードが専用のマスターキイを鍵穴へさし込んだ。がちゃりと軽い音がして、ドアが開く。チェーンはかかっていなかった。

一番先にスチュアードが部屋へ入った。続いて、蘭子。上杉はドアのところに立っていた。

なんともいえないスチュアードの声がして、続いて、蘭子の悲鳴が聞えた。

部屋へ入った上杉を突きとばすようにしてスチュアードがとび出して行った。

浴室のドアがあけっぱなしになっている。そこに蘭子が棒立(ぼうだ)ちになっていた。

「どうしたんですか」

近づいて、上杉は絶句した。

バスタブの横に、血まみれになった女の裸体がうつ伏せになっている。

人間の体から流れ出した大量の血が、バスルームの床に流れているところへ、ふらふらと蘭子がしゃがみ込んだ。ショックで貧血をおこしたらしい。

「牧野さん……」

彼女をバスルームからひきずり出そうと思い、そっちへ歩き出しかけて、上杉はバスルームの入口に落ちている白い上着に気がついた。

無意識に拾い上げてみると、それは女物の白いブレザーであった。

「上杉さん……」

バスルームに腰をぬかしたような蘭子が、上杉に背をむけたまま、しゃがれた声で叫んだ。

「お隣を……社長夫人をみて来て……」

上杉は白いブレザーを手にしたまま、リビングルームにひき返した。

この最上階のスイートルームは、コネクトツインになっていて、部屋と部屋がおたがいに行き来が出来る。

そのリビングのドアが開いていた。

上杉は隣室へ入った。

社長夫人はガウンのまま、ベッドルームに倒れていた。

白いガウンが、赤いガウンに染まっていた。

上杉は反射的に、自分の持っている白いブレザーをみた。

血痕がブレザーを染めている。血まみれのブレザーであった。

このブレザーは、裸体で死んでいた会長夫人のものでもなければ、ガウン姿で倒れている社長夫人のものでもないと思った時、上杉は気がついた。

今日、甲板で出会った時、長井由紀子は白いブレザーを着ていた。

廊下に足音がして、上杉は咄嗟にブレザーをベッドの下へ放り込もうとして、そのポケットに金属の手ごたえを感じた。

とり出してみると、それは、部屋の鍵であった。

なにを考えるまでもなく、上杉は鍵を自分のポケットに入れ、ブレザーをベッドの下に突っ込んだ。

それから、会長夫人の部屋へとってかえす。

牧野蘭子が、スチュアードに助け起されていた。

医者と、船の事務員とが、上杉に声をかけた。

「何事が起ったのですか」

上杉は逆上しながら、それでも英語で答えた。

「わかりません。しかし、隣室で、社長夫人も、殺されています」

船医がドアの外にいた、もう一人のスチュアードにいった。

「ドアを閉めて……誰もこの二つの部屋に近づかないように見張ってくれ」

そして、足をふみしめるようにしてバスルームへ入って行った。

牧野蘭子の傍へ行ってやらなければと思いながら、上杉は自分の足が動かないのを知った。咽喉が渇いて、額に脂汗が滲んでくる。

医者の検屍によって、会長夫人の伸枝も、社長夫人の真理子も、鋭い刃物で数か所を突き刺されて多量の出血をし、そのために絶命したらしいとわかった。

死亡時間は、おおよそ七、八時間前ではないかということだったが、これは専門家が調べてみないとたしかなことはいえない。

二人の死体は各々の部屋に、そのままの形で警察官が来るまで動かさないようにと、医者が指示し、船内の客には極秘にされた。

サンタクルーズ号は、明後日の早朝にはフロリダに到着するのだが、それ以前にヘリコプターが警察官を送り込んでくる可能性もあるという。

牧野蘭子は半病人のようになって、船室に閉じこもっているし、上杉も動転しきっていた。

いくら、かくしていても、噂は船内に広まっている。

鶴賀百貨店の社員は、事情を知らされているし、彼らが慌しく船からロスアンゼルスへ打電しているのを、船客にみつけられたりもしていた。

「上杉さん……」

泣きそうな顔で、駒沢佐知子が訴えた。

「どうしましょう。あたし、いくら探しても、会長夫人のお部屋の鍵がみつからないんです。パナマ運河を越えた日に、一度、上着のポケットに入れて……それから、ハンドバッグに戻したのか、どうにも記憶が、はっきりしなくて……」

彼女は会長夫人と社長夫人の変死を知らされていた。それだけに、自分のあずかった鍵が紛失していることに、神経をすりへらしていた。

佐知子にとりすがられて、上杉は答える言葉がなかった。

会長夫人の船室の鍵は、今、上杉の部屋の鞄の中にかくしてあった。

が、それを、佐知子にうちあけるわけにはいかなかった。

その鍵は、血まみれになった白いブレザーのポケットにあった。

そのブレザーは、長井由紀子のものではないのか。

長井由紀子に会って、そのことを確かめたいと思いながら、上杉には、それが出来なかった。

死体の第一の発見者の一人ということで、船の係員から、上杉も警察が来るまで自室を出ないようにといい渡されている。

それに、下手に長井由紀子に接触するのは、彼女のためによくないと判断もした。

薄暗い船室の小さな椅子にすわり込んで、上杉は途方に暮れていた。

よもやとは思う。

しかし、長井由紀子は長井美希子の妹であった。

姉の美希子は両親を不遇に死なせた浅野一族を怨んでいた。それを知ったからこそ、上杉は美希子がこの船に乗ることを阻止した。

だが、船には、美希子の妹の由紀子が乗って来た。

そして今、上杉は自分の心の中でふくれ上がっていく疑惑を、どうしようもなくみつめていた。

長井由紀子は、本当は長井美希子ではないのか。

第十一章　達成

サンタクルーズ号は、予定通り、五月二十四日の早朝にフロリダ州のフォート ローダーデイルに入港した。

そこには、鶴賀百貨店会長、浅野善次の要請によって日本からロスアンゼルスへ出向していた警視庁の小笹勉と横山賢次が、鶴賀百貨店ロス支店長の岡見正夫と共に、船の到着を待っていた。

無論、サンタクルーズ号の船内での浅野伸枝と関原真理子の殺人事件を知ってかけつけて来たものであった。

すでに船内ではアメリカ側の取り調べが終って、事件に関係のなさそうな乗客の下船が許されていた。

鶴賀百貨店のイベントに参加した客は一応、港に近いホテルに移されて、日本側の警察官の指示を待つことになり、ロスアンゼルスから支店長と共にやって来た社員がその世話をした。

最後に甲板に残ったのは、事件の関係者、ツアーコンダクターであり、死体の発見者でもあった上杉信吾と牧野蘭子、それに被害者の身の廻りの世話をしていた駒沢佐知子の三人であった。

先に取り調べを行ったアメリカ側の係官から、三人はやがて乗船してくる日本側の警察官が現場を確認し、死体を上陸させる際に一緒に下船するように、決められていた。

さわぎが起ったのは、フォート　ローダーデイルの港湾警察官と共に、日本の警察官がタラップを上って来た時であった。

出迎えようとしている船長の所へ一等航海士の肩章をつけた男が走り寄って、何事かを告げるのが、甲板にいる上杉達のほうから見えた。

船長が顔色を変え、乗船して来たばかりの港湾警察官に事情を説明している。やがて、船長の傍にいた事務長が上杉達のところへやって来た。

日本の警察官に通訳をしてくれという。

三人が顔を見合せ、わけがわからぬままに船長のほうへ行った。

「なにかあったんですか」

上杉が事務長に英語で訊き、

「また、殺人があった……いや、殺人ではないかも知れないが……」

と事務長が答えかけた時、港湾警察官が、

「とにかく、現場へ行こう」

と声をかけ、一等航海士の案内で階段のほうへ行った。日本からの警察官二人と、なんとなく上杉が続き、そのあとから船長たちがひとかたまりになって階段をかけ下りて行く。

その階は、上杉や牧野蘭子達の船室のあったところであった。

すでに、何人かの船員が、その部屋の前に立っている。近づいた人々をみて船室のドアを開けた。

「ここは、岡見支店長が使っていた部屋じゃなかったかしら」

上杉の背後で、追いついた牧野蘭子がいった。

上杉が、それに答えようとした時、部屋へ入った人々の異様なざわめきが聞えた。

「いったい、なんなの」

蘭子が怯えた声でいい、上杉は戸口から内側をのぞいた。

ベッドの手前に、男が倒れていた。

二等航海士の肩章をつけた上着が椅子の背にかけてある。

「コマザワ……」

という名前を、何人かが口にしているのに上杉は気づいた。

船医が倒れている男の体の向きを変えた。男の顔が、上杉のほうから見えた。

あの船員ではないか、と上杉は思った。

いつだったか、レセプションの近くで、上杉に駒沢佐知子について質問をした男である。

「日本人みたいね」

上杉の後ろで牧野蘭子が呟き、それを耳にした駒沢佐知子が体を乗り出すようにして部屋の死体をみた。

なんともいえない悲鳴が、駒沢佐知子の口からほとばしって、次の瞬間、彼女はその死体にすがりついた。

「兄さん……しっかりして……兄さん」

廻りの男たちが、あっけにとられて駒沢佐知子をみつめた。そして、上杉はベッドの脇に、黒こげになった枕と、ころがっている小型のピストルを港湾警察官が拾い上げるのを茫然と眺めていた。

ピストルで胸を撃ち抜かれて死んでいた二等航海士は、駒沢昭彦といった。

三年前からサンタクルーズ号の乗組員として働いている。

彼を紹介したのは事務長のブライアン マートンで、彼の話によると、駒沢昭彦と知り会ったのは地中海クルーズを中心としていたギリシャ船籍の船だったという。

「仕事熱心で、性格のいい奴だったので、自分がサンタクルーズ号に移る時、彼も紹介して、一緒に来たのです」

独身で、ロスアンゼルスのアパートに住んでいるが、一年の大半を船で生活している。

「プライベートなことは、あまり知りません。日本の商社で働いていたような話を一度、聞いたことがあります。受注に失敗して辞表を出したとか……」

マートン事務長が知っていたのは、そんなことぐらいであったが、日本から来た警察官は、もっぱら、駒沢佐知子に事情を訊いた。

もっとも、佐知子が落ち着いたのは、別室へつれて行かれて、医師の手当を受けてからであった。

「兄は大学を出たあと、商社に勤めていました。八千代商事といって、今はもう合併してしまってありません。もともと、小さな商社でした。仕事のことは、あまり話してくれませんでしたから、くわしくは知りません。西アフリカへ長期出張という形で出かけたのは、私が洋裁学校を卒業して、なんとか自活できるようになってからでした」

長期出張でも、一年に二、三回は帰国して、妹の待つアパートで兄妹水入らずの休みが一週間や十日はとれた。

「ぷっつり帰って来なくなったのは四年くらい前からです。会社をやめて、貨物船で働いていると手紙が来ました。なにもかもいやになった、当分、日本へは帰らないと……連絡がないのは元気でいる証拠だと思ってくれ、といって……それっきりでした」

小笹という警察官が佐知子に訊ねた。

「サンタクルーズ号に、兄さんが乗っているのは知っていましたか」

「最初は知りませんでした。あたしは会長夫人と社長夫人のお供をして偶然に乗ったんです」

「兄さんが乗っているのに、いつ、気がつきましたか」

「パナマ運河を越える日です。甲板で兄さんが声をかけて……夢かと思いました」

「それまで、まるで気がつかなかったのですか」

「大きな船ですから……それに、私は仕事があって、あまり甲板などへ出る機会がなかったので……」

会長夫人と社長夫人の身の廻りの世話やドレスの始末で、大抵、船室か洗濯室で暮しているような毎日であった。

乗客が集まるスポーツデッキもカードルームもプールサイドもラウンジも、駒沢佐知子には縁のない場所であった。

「ただ、一度だけ甲板でみかけたことはありました。でも、兄とは別人かと思って……むこうも気がつかなかったみたいでした」

「パナマ運河を越える五月二十二日、兄さんと会って、どんな話をしましたか」

「私は何故、自分がこの船に乗ったかを説明しました。兄さんは……長いこと、苦労をさせてすまなかったと……この航海が終ったら日本へ帰るといいました。なにもかも、最初からやり直しをすると……」

「兄さんは元気でしたか。つまり、あなたと再会して、幸せそうでしたか」

「はい……とても明るい表情をしていました」

「あなたと兄さんは、甲板で会って、どこで話をしたのですか」

「私の船室です。甲板は人が大勢で、とても落ち着けませんでしたから……」

「二十二日に話をして、そのあとは、いつ、兄さんと会いましたか」

「それが、会えませんでした。二十二日に、あんなことがあって……」

夜になって、会長夫人と社長夫人が死体で発見されて、船内はてんやわんやになった。

「私は、なるべく船室から出ないようにといわれて……」

「兄さんは、あなたの船室へたずねて来なかったのですか」

「来ませんでした。来られなかったのだと思います。迂闊（うかつ）なことをして、私に疑いがかかってはいけないと思ったのかも知れません」

「あなたは会長夫人や社長夫人を、どう思っていましたか」

「別に……大事なお得意様ですし……」

「しかし、会長夫人や社長夫人は随分（ずいぶん）、あなたにひどいことをいったりしたそうじゃありませんか。服に針が入っていたとかで……」

小笹は、その話をどうやら岡見支店長から聞いたようであった。

「あれは、私共のミスです。申しわけのないことをしました」

「会長夫人、社長夫人を怨（うら）んでいることはありませんか」

佐知子が顔色を変えた。

「私が会長夫人や社長夫人を殺したと疑っているんですか」

小笹が尊大に手をふった。

「そういうわけではありません。ただ、参考のために訊いているのです」

傍にいた上杉が、たまりかねて小笹にいった。

「彼女は会長夫人、社長夫人の殺人事件とは関係ありませんよ。あの日は兄さんと甲板で会って、それからずっと自分の船室で話をしていて、夕食時間に食堂へ来ているんだし……」

「ダイニングルームへ行く前に、駒沢さんは会長夫人と社長夫人の部屋へ行っていますね」

小笹がいい、上杉は少し、驚いた。そんなことを、いったい、誰が小笹に告げたのだろう。

「参りました」

佐知子の声が慄えていた。

「六時半頃でした。会長夫人のお部屋へ行ってドアをノックしました。でも、返事がないので……私はいつも五時半から六時ぐらいの間に、お二人のお部屋へうかがって、お召しかえのお手伝いをしていました。でも、あの日は、兄と話し込んでいて、うっかり遅くなってしまったので……それで、お二人とも、もうダイニングルームへいらしたのかと思って、慌ててダイニングルームへ行きました。でも、お二人は……」

「駒沢さん……」

馴れた調子で、小笹が佐知子を遮った。

「あなたは、会長夫人の部屋と社長夫人の部屋の鍵を一つずつ、あずかっていたそうじゃないですか」

佐知子が大きく身慄いをした。

「どうして、その時、その鍵でドアを開けてみなかったのですか」

執拗に、小笹が訊いた。

「それは……あの、鍵はおあずかりしていますが、みだりに開けて入ってはいけないことになっていましたから……必ず、ノックをして、お入りとおっしゃって下さってから、鍵をあけます」

会長夫人も社長夫人も、一々、佐知子が来るたびに自分達がドアを開けてやる手間を省くために、鍵をあずけているのであった。

「お返事のない時は、私、決して鍵をあけません」

佐知子は青ざめていた。今にもすわっている椅子から崩れ落ちそうにみえる。

「あの時、佐知子さんは鍵を持っていなかったわね」

上杉の隣にいた牧野蘭子がいい出した。

「ダイニングルームから、私と上杉さんと佐知子さんと三人で、会長夫人のお部屋へ行ったんですよ。ノックをしてもお返事がないし、心配になって、鍵をあけようかということになったら、佐知子さんは鍵を自分の部屋へおいてきたとかで、取りに行ったんです。そのあとで、たまたまルームサービスのスチュアードが来たので、事情を話してマスターキイでドアを開けてもらいました」

小笹が、少しばかりいやな笑い方をした。

「駒沢さん、それは本当ですか」

佐知子がうなずいた。弱々しいうなずき方であった。

「それで、その鍵は、あなたの部屋にあったのですか」

「いいえ……」

かすれた声で佐知子がいった。

「ございませんでした。いくら、探しても……たしかにバッグに入れておいた筈でしたのに……バッグか、上着のポケットに……」

その時、ドアが開いて、横山という初老の警察官が入って来た。

彼のあとから、女が一人、うつむいて続いた。

上杉は呼吸が止まりそうになった。

女は長井由紀子であった。

横山は長井由紀子を椅子にかけさせ、自分は片手に下げて来た紙袋を中央のテーブルの上においてから、小笹に声をかけた。

「どうかね、駒沢佐知子さんの話は聞けたかね」

小笹が軽く顎(あご)をひいて、今まで鉛筆を走らせていたメモ用紙をみながら返事をした。

「駒沢佐知子は二十二日に甲板で、兄の駒沢昭彦に声をかけられるまで、昭彦がこの船に乗っていることを知らなかったそうです。又、そのあと、昭彦と自分の船室で話をしていて、六時半頃、会長夫人の船室へ行き、ノックをしたが返事がないので、ダイニングルームへ行ったと申しています」

「それは間違いなさそうだな」

穏やかな声で、横山がいった。

「今、こちらさんの調書をみせてもらって来たんだが、二十二日、駒沢昭彦さんが、ここにいる妹さんの船室から、午後六時三十分頃、一緒に出てくるのを、その階のスチュアードのトーマスというのが目撃しているそうだよ。トーマスはそのあと、駒沢昭彦さんと一緒にスタッフ専用の食堂へ行き、佐知子さんはエレベーターで会長夫人の部屋へ向った。そうですね。佐知子さん」

佐知子が救われたように頭を上げた。

「そうです。そういえば、私がエレベーターに乗った時、兄は船員の人と話をしていました」

「それがトーマスですよ」

横山は英文の調書を小笹の前へおいた。

「これが、アメリカさん側の調書だが、これによると、会長夫人、社長夫人の死亡時間は二十二日の午後四時半から五時半の間となっている。六時半に会長夫人の部屋のドアをノックした佐知子さんは知らなかったんだが、その時、すでに死体になっていたわけだ。仮に、この検屍結果を無視したとして、六時半に佐知子さんが会長夫人の船室の鍵をあけて入り、会長夫人並びに社長夫人を殺して、ダイニングルームへ行ったとする。上杉さん、あの夜、佐知子さんがダイニングルームへ姿をみせたのは、何時頃だったかね」

　上杉が椅子から立ち上がって答えた。

「七時を五分ほど過ぎていました。僕が時計をみて……牧野蘭子さんもたしか、同じように時計をみたと思います」

　牧野蘭子がうなずいた。

「ええ、そう……あれは七時五分すぎぐらいでした」

　横山が合点した。

「六時半に自分の船室を出た佐知子さんが会長夫人の船室へ行くのに要する時間は、どう急いでも七、八分はかかる。この人の部屋は客室としては一番、船底に近いところで、おまけに船尾にある。会長夫人のスイートルームは最上階の、船の前方にあるんだ。二十分やそこいらで、女が自分より体の大きい女を二人も殺して、血まみれになった服をとりかえて……どう考えたって、こりゃ無理というものじゃないか。念のためにトーマスに訊いてもらったんだが、彼は船室付のスチュアードだから、出かけて行った佐知子さんをみ、事件が起ったあとで、船室へ戻って来た佐知子さんもみている。彼の証言だと、佐知子さんはその夜、ずっと同じ服を着ていたそうだよ」

　小笹が、不思議そうに訊いた。

「そんな話を、課長は直接、トーマスに訊かれたんですか」

横山が笑った。

「それほど英語が堪能なら苦労はせんよ。通訳はすべて、こちらの長井さんにしてもらった。この調書を読んでくれたのも、長井さんだよ。いや、おかげで助かった」

その長井由紀子は下をむいたままであった。

ひっそりと、寂しげな横顔が、上杉のほうからみえる。

「しかし、課長」

小笹が、声をはげますようにしていった。

「駒沢佐知子さんは、会長夫人の部屋の鍵を紛失したそうです。バッグか上着のポケットに入れておいたそうですが、それが、未だに見当らないといっています」

横山が佐知子を眺めた。

「そいつは、重大なことだな」

相変らず穏やかな調子で訊いた。

「いつ、なくしたか、わかりませんか」

「はい……」

「その鍵を最後に使ったのは……」

「二十二日の朝です。五時すぎに会長夫人のお部屋へうかがって、お召しかえを手伝いました。会長夫人と社長夫人が甲板へ行かれて……私、あとを片付けてから、パナマ運河の通過をみたいと思って、いそいで甲板へ行きました」

「部屋の鍵は、あなたが閉めた」

「はい、間違いなく閉めました。それは、決して忘れてはいません」

甲板へ出てからは、暫く、パナマ運河を越えるのをみるために夢中だったと佐知子はいった。

「皆さんと一緒に船尾で水門の閉まるのをみたり、前へ走って行って、次の水門へ入るのを見物したり……」

幸いというか、その日は会長夫人も社長夫人も甲板に居続けたので、佐知子に用事をいいつけることがなかった。

「私、お昼の食事もしないで、甲板にいました。この船に乗って、はじめて船旅をたのしんだようで……」

ゴルフのトーナメントをみたり、甲板でいつまでも運河の風景を眺めていた。

「船が大西洋側に出てから、スナックでハンバーガーを頂きました。それから甲板を歩いて来ると、兄に会ったんです。多分、三時ぐらいではなかったかと思いますが、時計をみたわけではないので……」

「その間、鍵を確認することは、なかったわけですな」

「はい、全く……」

「よろしい」

横山が少し大きな声でいい、テーブルの上の紙袋に手をかけた。

「ところで、駒沢昭彦さんのことはさておいて……会長夫人、社長夫人の殺害に関して、むこうさんから、こんなものを渡されたんだよ」

紙袋からつまみ出したのは、血まみれの白いブレザーであった。

「これは、社長夫人の部屋のベッドの下から発見されたそうだ。むこうさんは重要な証拠の品といっている」

佐知子にブレザーをみせた。

「あなたは会長夫人、社長夫人の洋服の管理をしていたそうだから、おわかりだろう。これは、お二人の、どちらかのものですか」

「違います」

即座に佐知子は否定した。

「お二人の今回のお洋服は殆ど(ほとん)が、私どものデザイナー、井上の店のオートクチュールでございます。そうでないものも、お二人は少々、お持ちになりましたが、全部、パリやローマの有名デザイナーの商品なのです。このブレザーは日本のメーカーのラベルがついていますし、サイズもお二人には小さすぎます。それに、私がみたこともないものですから……」

「ありがとう」

次に横山は、それを牧野蘭子にみせた。

「どうですか、見憶(みおぼ)えがありませんか」

「私のではございません」

蘭子が唇を嚙(か)みしめるようにしてからいった。

「そうですな。あなたのものにしては、やはりサイズが小さすぎる。ところで、あなたはコンダクターとして、あなたのお伴(つ)れになったツアーの人々をよくみているでしょう。誰か、この服を着ていた人を思い出せませんかね」

「何分(なにぶん)にも人数が多かったので……申しわけありません」

横山が上杉へむいた。

「あなたはどうですか。二十二日、おそらく乗客の大方が一日、甲板に出て運河を見物していたでしょう。その中に、この白い上着を着ていた女性をみてはいませんか」

上杉は、さりげなく首を振った。

「どうも、僕は女性の服には、あまり関心がなくて……」

「では、長井さん、あなたはどうです。この上着に見憶えはありませんか」

長井由紀子の顔は、その前から血の気を失っていた。なにか重いものを飲み込むように、咽喉(のど)のあたりが痙攣(けいれん)する。

「それは……」

しぼり出すような声であった。

「私のものでございます」

誰もが息を呑(の)み、長井由紀子だけが深く大きな呼吸(いき)を吐き出すように続けた。

「二十二日の日、私、それを着て居りました」

横山が、前とあまり変らない調子で訊ねた。

「長井さんは、会長夫人の部屋の鍵を御存じですか」

長井由紀子が眉(まゆ)を上げた。

「鍵ですって……」

「そうです。あの日、佐知子さんが紛失(ふんしつ)した会長夫人の部屋の鍵です」

「存じません。それは、全く、知りません」

「課長……」

甲高い声で小笹が叫んだ。

「彼女を別室で調べましょう」

無意識に上杉は小笹の前に立ちふさがるようにした。

「待って下さい。鍵は……僕が持っています」

「なんだと……」

長井由紀子はよろめくように、上杉へ近づいた。

「上杉さん……」

無言で上杉は、長井由紀子の肩を抱いた。

二人共、言葉はなく、ただ、お互いが訴えるようにみつめ合った。

「小笹君、すまんが、君はこちらの二人の女性をラウンジのほうへ御案内して、そこで待っていてくれないか」

横山がいい、小笹はなにかいいかけたが、思い直したように、駒沢佐知子と牧野蘭子をうながして、船室を出て行った。

ドアの所に立って、横山は足音が遠ざかるのを確かめてから、テーブルの傍へ戻って来た。

ポケットから、鍵を一つ、出す。

「上杉君、君がいったのは、これのことかね」

長井由紀子が上杉にすがりついたまま、鍵をみつめた。

「この鍵は、上杉君の鞄（かばん）の中から発見されたそうだ」

「違います」

悲痛な叫びであった。

「上杉さんじゃありません。上杉さんは、なにもしていません」

「まあ、静かに……」

横山が手を上げて制した。

「ついでに、長井さんにお訊（たず）ねしよう。このパスポートは、あなたのだそうですが……」

手ずれのしたパスポートがテーブルの上におかれた。

横山がめくって、最初のページを開く。

写真と長井由紀子の署名と。

「長井さん、わたしはロスアンゼルスから、あなたの妹さんと一緒にフロリダまで来ました。妹さんはあなたのことを心配して、ずっと、ロスアンゼルスの鶴賀百貨店の支店長、岡見さんに、今度のイベントの状況を問い合せ続けていたそうです」

長井由紀子が明らかな動揺をみせた。

「長井由紀子さんという人は、長年、ニューヨークで生活していたそうですな。お姉さんの美希子さんは日本で働いていた。私は先刻、あなたに通訳をしてもらった。大変、しっかりした英会話だったが、わたしがロスアンゼルスから一緒に来た長井さんはもっと上手だった。ニューヨークで長いこと暮した人の英会話は、日本で勉強した人のとは随分、違うものだなと思いましたよ」

長井由紀子が、上杉の胸から体をはなした。

「申しわけありません。私、長井美希子です。そのパスポートは、妹のものを、私が頼んで、とりかえてもらいました」

「美希子さん」

上杉は、声をふりしぼった。

「何故……船に乗った……どうして、日本にいてくれなかった……」

美希子の両眼から涙がしたたり落ちた。

「ごめんなさい、あたし……」

上杉が慌てたように叫んだ。

「なにもいうな。もう、なんにもいってはいけない」

「長井さんの妹さんは、こういいましたよ」

のんびりした言い方で、横山が上杉へいった。

「姉さんは、上杉さんのことが心配で船に乗って行ったと……」

「僕のことが……」

上杉が低く呟き、横山は二人の肩を押すようにして椅子にかけさせた。

「あんた方が、よけいな細工をするといけないから、先に手の内をばらしておきましょうかな。まず、上杉さん、あんたは、どうやら、長井美希子さんをかばうつもりらしいが、あんたの二十二日のアリバイは、実にはっきりしている。お気の毒なくらいにね」

メモを出して、横山が読み上げた。

「午前中は省略して、午後一時、ゴルフのトーナメントの最中に、ツアーのお客さんの大竹昌子という老婦人が具合が悪くなって医務室に運ばれた。あんたはそれにつき添って行って、点滴を受けている間中、医務室にいた。

大竹さんが自分の船室に戻ったのは、午後三時、それから、あんたは田中というコンダクターと一緒に、ロビイのツアーデスクで、お客さんの希望でパナマ運河の記念スタンプをおしたり、なんだかだと仕事をしていた。五時になって、田中さんと一緒に大竹さんの船室を見舞い、今夜は食堂に出ないという大竹さんのために、キッチンヘルームサービスをたのみに行った。田中さんが日本から持って来たインスタントの赤飯を、キッチンであたためてもらって、そいつを大竹さんのところへ持って行く。ツアーコンダクターというのは、つくづく大変なものだと思いましたよ。それから着がえて、ダイニングルームへ行ったのが六時少し前で、ここで、又、お客さんに本日のメニュウの説明をしなければならない。とにかく、人殺しをしている暇は到底なかったようですな」

長井美希子が大きく息をした。肩から力が抜けて行ったようである。

「さて、そこで、長井美希子さんだが、あなたのほうは、上杉さんのように、しっかりしたアリバイがない、おまけに、あなたには、殺人の動機と理由もある。だからこそ、上杉君はあなたをこの船に乗せたくなかったようだね」

上杉へむけて、片手をあげ、横山はゆっくり、長井美希子へむき直った。

「長井さん、本当のことを話してもらえるでしょうな。二十二日の午後、あなたがどうしていたか、何故、あなたのブレザーが、会長夫人の部屋にあったのか……」

長井美希子が顔を上げた。

相変らず青ざめてはいたが、その表情はむしろ、明るくさえみえた。

船室はひっそりして、おたがいの呼吸の音まで聞えそうである。

第十二章　緑生

上杉信吾と長井美希子が、日本の警視庁から出向して来た横山賢次と向い合っている船室はプロムナードデッキにあった。

船室の窓からのぞくと、やや右の方向にサンタクルーズ号と岸壁にかかった桟橋がみえる。が、人の通行は殆どないようであった。

船の中は、ひっそりしている。

長井美希子は両手を膝におき、僅かの間、言葉を考えていたようだが、やがて、横山の質問に対して口を開いた。

「あの日、二十二日のパナマ運河越えの日のことですが、私、牧野蘭子さんから、会長夫人と社長夫人、つまり浅野伸枝さんと関原真理子さんが、私に船室まで来てもらいたいとおっしゃったといわれました。ちょうど、船がパナマ運河を通過して、大西洋へ出て間もなくの頃でした。私、咽喉が渇いて、それに、昼食を食べそこねたものですから、スナックへ行きました。あそこはセルフサービスで、料理台の前には行列が出来ていました」

船客の大半が、パナマ運河を見物していて、ダイニングルームでの昼食を摂らず、二時、三時になってからスナックへ腹をすかせて集まって来たものであった。

サンタクルーズ号のスナックは二十四時間オープンしていて、昼食はバイキングスタイルになっている。

客は自分でお盆の上に皿やグラスを取り、テーブルに並んでいるサラダや肉料理、魚料理を好きなだけコックからサービスしてもらって、空いた席をみつけて、そこで食事をする。

「行列に並んでいたら、牧野さんがみえたんです。食事が終ってからでいいから、自分と一緒に会長夫人のお部屋へ行ってくれないかと……。私、承知しました」

「ちょっと待って下さい」

横山が遮った。

「長井さんは、サンタクルーズ号に乗船なさってから、会長夫人、或いは社長夫人と話をしたことがありましたか」

「いいえ、ございません。勿論、甲板や食堂などで、お二人をおみかけすることはありましたが、あちらは私を御存じなかったはずですから……」

「あなたの顔を知らなかった会長夫人と社長夫人が何故、二十二日になって不意にあなたに会いたいといい出したのか、おわかりですか」

「さあ、それは存じません。或いは私が知られていないと思い込んでいただけで、あちらは私がロスアンゼルスからこの船に乗った時に、私の素性(すじょう)を御存じだったのかも知れません」

横山がうなずき、先をうながした。

「で、あなたは食事をした……」

「はい。でも、胸が一杯で……会長夫人と社長夫人が何故、私のことを知ったのかとか、いったい、なんのために、私を船室に呼んだのかを考えると……ジュースを一杯飲んだだけで、なにも咽喉を通りませんでした」

「牧野蘭子さんは、ずっとスナックで、あなたを待っていたんですか」

「スナックの入口の外側にいらしたと思います」

「で、一緒に会長夫人の船室へ行ったんですね」

「はい、会長夫人の船室のドアを牧野さんがノックをして、会長夫人がドアを開けました」

「その時、牧野さんはなんといいました」

「長井さんをおつれしました、といわれたと思います」

「それで……」

「私だけが船室へ入り、牧野さんは出て行かれました」

「船室には会長夫人が一人でしたか」

「いえ、社長夫人もいらっしゃいました」

「どんな話をしたんですか」

「私の素性を訊かれました」

「話したんですな」

「別に、かくす必要はありませんでしたから」

上杉は長井美希子をみつめていた。

あの傲慢で人を人とも思わない二人の女が、どんな口調で長井美希子を詰問したのか、目にみえるようであった。知っていたら、自分がついて行ってやりたかったと思う。

「あなたは、現在の鶴賀百貨店の会長、浅野善次さんのお父さんである浅野善太郎さんと秘書さんとの間に生まれた愛子さんの娘さん、つまり、会長にとっては異母妹の娘ということになりますね」

美希子がうなずいた。

「おっしゃる通りです」

「会長夫人と社長夫人は、あなたの存在を以前から知っていたんですか」

「まるで知らないということはないと思います」

鶴賀百貨店の初代社長の妾腹の娘が長井美術の社長の妻となっていて、その長井夫婦を、初代社長の歿後、二代目社長だった善次が苦境に追い込んだことも、その結果、長井夫婦が失意の中に病死したことも、善次の妻や娘の耳に入っていないはずはなかった。

「でも、おそらく、気にもとめていなかったと思います。とっくに、浅野家とは縁の切れたものと思って……」

そういう人だと美希子はいった。

「自分に直接かかわりのある、例えば損得勘定でもない限り……」

「金持には、よくあるタイプのようですな」

横山が苦笑し、訊ねた。

「あなたの素性を訊いてから、二人はなにかいいましたか」

「私にはまるで合点の行かないことを、おっしゃったのです」

美希子が眉を寄せた。

「会長が……つまり浅野善次のことですが、私たち姉妹に、浅野家の財産をゆずるというような遺言書を作成したというのです」

上杉はあっけにとられた。長井美希子の両親を死に追いやったのは、他ならぬ浅野善次であった。その男が、なにを今更、長井家の遺児である美希子に財産を分けるというのか。

「会長夫人と社長夫人は、さも、私が会長を責めて、そうさせたのではないかと疑っていたようです。けれども、私は会長にお会いしたのは、たった一度、この春に両親の墓参をしている時、突然、やって来て、母のお墓まいりをさせてくれと……私、返事もしませんでした。それっきりなんです」

「その通りでしょう」

横山がいった。

「実は、わたしが会長からうかがったのも、そのようなお話でした。それと、これは、いずれ、長井さんが会長にお会いになれば、その時、会長からじかに話があると思いますが、会長があなたを遺産相続人に指定されたのは本当ですよ」

そのことは、横山が今度の事件で、会長から捜査を依頼された時、弁護士の口からも、はっきり聞かされたといった。

「冗談ではありません」

美希子が怒りの表情をみせた。

「私、そんなものを受け取る気持はありません。会長夫人にも、そのことは、はっきり申しました。私は会長に浅野家の金をくれといったこともなければ、そんなものをもらうつもりも全くないと……」

「で、会長夫人は、なんといいました」

「遺産を受け取る気がないのなら、そのことを辞退する旨を、書面に書いて署名をするようにと要求されました。でも、私、そんな話も聞いていないのに、書類なんて書けないし、署名も出来ないといって、会長夫人の部屋をとび出しました」

「そうすると、白いブレザーは……」

「はい、甲板でパナマ運河を見物する時、最初、早朝で寒かったので着ていました。日中になって暑くなり、脱いで手に持ったまま、会長夫人の船室に行く時も、持って行きました。たしか、船室へ入って、部屋のすみのスツールの上においたと思います」

船室を出る時、怒りで逆上していた美希子は、上着を忘れたまま、外へ出た。

「甲板へ出て、暫く、海をみていました。気持がなかなか落ち着かなくて、上着を会長夫人の船室へ忘れて来たと気がついたのは、自分の船室へ戻ってからです。でも、取りに行く気もなくて……」

その白い上着は血まみれになって、社長夫人の船室のベッドの下から発見された。

「私、殺していません。たしかに、私は会長に対して怨みを持っていました。出来ることなら、会長の家族に報復してやりたい気持を持っていました。でも、そんなことをしてもなんにもならないと気がついたんです。両親は私と妹の幸せな人生を願って歿りました。それなのに、自分で自分の人生を滅茶滅茶にしてしまったら……。それに、私も人並みの幸せが欲しいと思うようになりましたし……」

「よろしい。ところで、あなたが会長夫人の船室にいたのは、およそ、何時から何時くらいまででしたか」

「スナックへ行ったのが三時すぎだったと思います。牧野さんと会長夫人の船室へ行く途中で時計をみました。四時十分前ぐらいだったように憶えています。そのあとは……腹を立てて、船室をとび出して甲板にいる時、下のホールからピアノの音が聞えて来ましたから……」

ホールでピアノの演奏が始まるのは、夕方の五時からであった。

「そうすると、四時半頃まで、会長夫人の船室にいたことになりますかな」

横山がいい、美希子がうなずいた。

「そのくらいだと思います」

「あなたが会長夫人の船室をとび出した時、そのあたりで誰かに会いませんでしたか」

会長夫人、社長夫人の死亡推定時刻は四時半から五時半の間となっている。

「どなたにも会っていません。かっとしていて、なにも目に入らなかったのかも知れませんが……」

横山が、上杉へ顔をむけた。

「どう思いますかね、今の話をきいていて……わたしが一番、不思議に思うのは、会長夫人と社長夫人が何故、二十二日の午後になって、長井さんを呼んだかということですよ。長井さんはこの船に最初から乗船していたのに、どうして……」

「気がつかなかったんじゃありませんか。長井さんが浅野家とつながりのある人だと……」

「じゃあ、二十二日には、何故、わかったんです」

「誰かが、二人の耳に入れる……」

「誰だと思いますか。この船に乗っている人で、長井さんの素性を知っているのは……」

「僕は知っていますが……」

「上杉さんは喋らんでしょう。それに、美希子さんを、妹の由紀子さんだと思っていた」

他には思い当らなかった。

「二十一日の夜、バルボアで誰かが乗船して来たとしたら、どうですか」

上杉がいい、横山が答えた。

「バルボアでは、下船した乗客も乗船した客もないと船側ではいっていますが……」

「正式にはそうでしょうが、この船は午後八時すぎにバルボアの岸壁に接岸し、翌朝五時三十分に出港するまで、バルボアに停泊していたんです」

船客の何人かは、港へ下りた者もあった。

「夜ですし、なんにもないところですから、みんなすぐ船に戻って、船員でもなければ町へ出て行く者はなかったと思いますが……」

船客は翌日のパナマ運河見物に備えて早寝をした者が多い。

「ボーディングカードを出していませんから、もし、誰かがひそかに船に入り込もうと思えば出来ないことではないかも知れません」

横山が首をひねった。

「或る人物が、夜の中にこの船へやって来て、会長夫人や社長夫人に長井さんの素性を話し、ついでに会長が彼女を遺産相続人に指定したことを伝えて行ったというんですね」

「出来ないことではないと思いますが……」

「第一に、夜の中に会長夫人、社長夫人がそういうことを知ったら、翌日まで待たんでしょう。すぐに長井さんを呼んで、事実を確かめるんじゃありませんかね。第二に、会長が長井さんを遺産相続人に指定して、遺言書を作成したのを知っている人物は、ごく少数です。会長と、弁護士と、会長のごく側近と。勿論、会長夫人や社長夫人には内緒です。いったい、誰がそんな極秘の情報をこの船にもたらしたのか」

「関原社長じゃありませんか」

心に浮んだことを上杉は口に出した。

「社長は行方不明となっていますが……」

「関原さんは行方不明じゃありませんよ。あれは、この船に乗っている或る人物を牽制するための偽の情報です」

「なんですって……」

上杉が顔色を変え、横山が彼を制した。

「関原社長はサンディエゴからまっすぐに日本へ帰っています。或る事実を彼のスパイから知らされたからです。関原さんは会長の側近に何人もスパイを送り込んでいた。それで、会長が関原さんを社長の座からひきずり下ろそうとしているのを知り、日本へとんで帰った。そうして、更に、会長の遺言書作成のことも知ったようですよ」

「それなら、尚更、関原社長が……」

バルボアから船に乗り込んで、義母と妻に、ことの子細を知らせるのではないかと、上杉はいった。

「仮に、関原社長自身でなくとも、人を使って……」

浅野家の財産が、当主の浅野善次に万一の時、長井美希子姉妹へ贈られると聞いては、会長夫人にしろ、社長夫人にしろ、冷静では居られまい。

「勿論、会長夫人、社長夫人にも遺贈分はあるはずですが、金のある人間は得てして、自分が受け取るべき金を十円たりとも減らしたくないものですからね。上杉さんのいわれるように、関原社長からその知らせを受ければ動転しますよ」

「やっぱり、関原社長が知らせたんですね」

「その可能性はあるんですが、今のところ、関原社長がバルボアへ来た形跡はありません。彼は今、日本からロス経由で、ここへ向っていますが……」

義母と妻の殺人事件のためである。

「関原社長が人を使ってということも考えられますが、その場合、私の第一の疑問が解決されないと……。上杉さんのいわれたように、船は二十一日の夜八時から翌朝五時三十分まで、バルボアに停っていた。仮に、知らせが出航ぎりぎりの早朝に来たとしても、二人の婦人は早速、長井さんを探して詰問することを考えたでしょう」

少なくとも、パナマ運河の見物どころではなかったはずだと、横山はいう。

「上杉さん、長井さん、なにか、お考えはありませんか。鍵はバルボアに違いないと私も考えています。しかし、こうした世界一周の出来るような豪華船に乗ったことのない私には、船の仕組がわからない。それが、捜査の盲点になっているように思われるのです」

長井美希子が顔を上げた。

「そうすると、横山さんは、今度の事件の犯人が誰なのか、見当がついていらっしゃるのでしょうか」

当然のことながら、横山は慎重であった。

「私の友人に、警視庁を退職して私立探偵というか、他人の身上調査や会社などの組織の内情調査などをやっている者がいるんです。実をいうと、浅野会長は彼に依頼して、早くから或る人物について調べさせていた。今度の事件が起って、わたしがこっちに来る際に、その調書は残らずみせてもらって来ました。その結果、或る容疑者が浮んでいるのは事実です。しかし、証拠は今のところ、なにもありません」

横山の話を耳にしながら、上杉は考え込んでいた。

これまでの感じとしては、横山という捜査官は上杉にも長井美希子にも、そう悪意は持っていないようにみえるが、それはこうした立場にある人間のカモフラージュであるかも知れない。

少なくとも、二十二日の午後四時半頃まで会長夫人の船室にいたといっている長井美希子の容疑が晴れたとは思えなかった。

美希子が殺人を行っていないと、上杉は信じていた。第一、あの殺人現場の様子をみても、会長夫人も社長夫人も無抵抗で殺されているようであった。ということは、犯人が二人の女性にとって、まことに身近な人物であったからではないのか。

長井美希子が浅野家の人々に敵意を持っているのを、社長夫人も会長夫人も知っている。

彼女に対して、二人の女が用心をしなかったとは考えられない。

上杉の立っている位置からは、船室の窓を通して、岸壁（がんぺき）がみえていた。

人の姿はなく、積荷の一部だろう、片すみに放置されている。

バルボアの岸壁を、上杉は思い出していた。

パナマ運河の玄関口に当る港である。暗い岸壁では、船員が乗客のための食糧品を積み込んでいた。

ふと、一つの風景が、上杉の瞼（まぶた）の中に甦（よみがえ）った。

郵便物のマークのついた袋の受け渡しがタラップの横で行われていた。

長い船旅の客は、船中から家族や知人に宛（あ）てて手紙を書く。それらは船の郵便局でまとめられて、港に着いた時に多くは航空便扱（あつか）いで目的地へ発送される。

逆に、船中の客に対して送られて来る手紙類は、やはり、その船の寄港地まで航空便で来て、船の到着を待って積み込まれることになる。

殊（こと）にクリスマスなどを船上で迎える人に対して、あらかじめ、友人知人がその日に届くよう、クリスマスカードを船の寄港地へ送っておくと、船の郵便局がそれを入手し、クリスマスの当日に受取人の部屋へ届けてくれたりする。

その他、緊急（きんきゅう）の際には、テレックスという方法もある。だが、これは、あまり長く複雑な内容を伝えるには適していない。

もし、あの時、バルボアの港で船に積み込まれた郵便物の中に、関原英四から会長夫人、或いは妻である真理子に宛てた手紙があったとしたら、どうなるだろうと思う。

深夜に船中の郵便局に入った郵便物はボーイに託(たく)されて、ドアの下からその受取人の部屋に入れられるか、或いは、翌朝のモーニングティーのサービスの時、銀盆のすみにおかれて、その部屋へ届けられるかだろうと思った。

夜だったとして、会長夫人も社長夫人も、あの晩は早々にベッドに入ったはずである。手紙を発見するのは、翌朝、パナマ運河見物に部屋を出る時ではなかったか。

もしかすると、社長夫人はその手紙をすぐに開かなかったかも知れない。

サンタクルーズ号は、すでにパナマ運河に入ろうとしていた。あの壮大(そうだい)な運河の風景を眺(なが)めることに夢中だった船客は、我先に甲板へとび出して行った。

真理子夫人が、もし、手紙を部屋へおいたまま甲板へ出て行ったとして、次にその手紙に気づくのは、パナマ運河を通過して船室へ戻って来た時ではなかろうか。

とすると、三時すぎに牧野蘭子が、会長夫人と社長夫人の命を受けて、長井美希子を呼びに来たことと平仄(ひょうそく)が合う。

「上杉さん、なにか、思い当ることがありましたか」

横山に訊かれて、上杉は話した。横山は熱心に聞き、大きくうなずいた。

「成程(なるほど)、郵便ですか」

テレックスのほうは調べたのだが、といった。

「郵便は、うっかりしていました。そんなふうに、船へ手紙が来るということに気づかなかったので……」

改めて、上杉に依頼した。

「船の郵便局で訊いてもらえませんか。バルボアで会長夫人、或いは社長夫人に手紙が来たか。それから、もう一つ、同じく、バルボアで、他の日本人の誰かに手紙が来ていなかったか。差出人と受取人の名前を確認して来て下さい」

「承知しました」

同じ時刻に、牧野蘭子と駒沢佐知子は船内のカードルームにいた。

二人っきりになったのは、船員が小笹勉を呼びに来てからである。

「僕が戻るまで、ここから動かないように」

いいおいて、小笹はそそくさと出て行った。

カードルームの入口では船員が二人、所在なさそうに煙草をふかしている。

先に口を開いたのは、佐知子であった。

「牧野さんは、私の兄がこの船に乗っていること、御存じだったんじゃありませんか」

蘭子は意外そうに佐知子を眺め、すぐ視線を逸らせた。

「いいえ、どうして……」

「どうしても、合点が行かないんです。兄は二十二日よりもずっと前に、私がこの船に乗っていたのを知っていたはずなんです。何故かというと、私、ロスアンゼルスを出て間もなく、兄によく似た船員をみかけたことがあるんです。その時は、まさか、兄がこの船に乗っているとは夢にも思いませんでしたから、自分の錯覚だと考えて、声をかけませんでした。でも、兄は私に気がついたと思うんです」

「それが、私となんの関係があるんですか」

少し、強い声で蘭子がいった。

「あたしは、昭彦さんとは、もう何年も会っていないし……」

「でも、あなたは、兄の恋人でした。兄が日本へ帰って来なくなったのは、あなたに裏切られたからです」

「いいがかりだわ」

「兄はこの船で船員として働いていました。私は滅多に船の中を歩き廻ることはありませんでしたけれど、蘭子さんはコンダクターとして、フロントやレセプションに始終、行ってたはずですし、兄と顔を合せるチャンスはずっと多かったと思うんです」

「いいえ」

「兄は蘭子さんに会っていたと思います。もしかしたら、二人の間で、なにか約束が出来ていたんじゃありませんか。だからこそ、兄は二十二日の午後に、あんな明るい表情で、私に、日本へ帰って、なにもかもやり直しをするといったんじゃないかと……」

「あなたの憶測よ」

「あたし、知っているんです」

佐知子の声がきびしくなった。

「十四日の夜でした。船上パーティが終って、船室へ戻る時、社長があたしの船室の部屋番号を訊かれました。なにげなく返事をしたら、その夜更けに、社長が私の部屋にみえられました。あたしがショックだったろうって優しくいって下さって、封筒に入ったお金と、ペンダントの包みを下さいました。そうして、私がぼんやりしていると、いきなり抱きしめてキスをして、私、びっくりして抵抗しました。その時、ドアがノックされて、私、社長を突きとばしてドアを開けました」

「あれは偶然よ。あたしもあなたのことが心配だったから……」

「蘭子さんと社長の態度で、あたし、わかったんです。兄が想像したように、蘭子さんは関原社長の愛人だったと……」

「なにを、いったい……」

「兄は五年ぶりに蘭子さんに会って、未練を捨て切れなかったと思います。そんな兄を、蘭子さんは利用したんじゃありませんか」

「馬鹿な……」

「思い出したんです。二十二日の午後、スナックでハンバーガーを食べた時のこと、席を探していたら蘭子さんが、ここがあいているって声をかけてくれて、私はバッグを席へおいて料理台へ行って、ハンバーガーだの、サラダだの、紅茶だのを取って戻って来ました。あの時、蘭子さんはあたしのバッグから会長夫人の部屋の鍵を盗み出そうと思えば出来なくはなかった」

蘭子が蒼白になった。

「いい加減にしてちょうだい」

佐知子はひるまなかった。

「まだあるんです。兄さんが私の船室へ来て、話をしている時に、電話が入りました。兄さんが受話器を取って、違います、といいました。電話を切って、間違い電話だったと……でも、今、思うんです。あの電話は会長夫人が私を呼ぶためにかけたものではなかったかと……あれは五時少し前でした。兄さんが私の部屋に六時半までいたのは、もしかして、私が会長夫人や社長夫人の部屋に行っては困る人が、兄さんに頼んで、私を私の部屋から出さないために……」

蘭子の右手が、凄い勢いで佐知子の頰を叩いた。

が、それまでであった。佐知子が打たれた頰を押えて、顔を上げた時、牧野蘭子はぶるぶる慄えながら泣いていた。土気色になった顔と血走った眼と、嗚咽の洩れている唇と。

カードルームに横山が入ってくるのがみえた。

「牧野さん、二十二日の夜、あなたの所へ手紙が来ましたね。差出人は田畑正己、関原社長の甥の名前になっているが、おそらくは関原さん自身の書いたものでしょう。その内容について、話して頂けませんか」

牧野蘭子がずるずると床にすわり込んだ。

声はなく、涙がとめどもなく流れている。

事件は牧野蘭子の自白によって、すべてが明らかになった。

二十一日の夜、バルボアから、船内へ届けられた関原英四の手紙は二通であった。一通は妻の真理子に宛てたもので、会長が遺言書を書き替え、遺産相続人として長井美希子姉妹を指定したことの報告であった。

もう一通は牧野蘭子に宛てたもので、会長が自分の身辺を調査して蘭子との関係を知ったこと、そうした不行跡やロス支店の失敗を理由に、社長の座を追われかけているが、どうやら、会長は胃癌らしいし、会長夫人や真理子さえこの世から消えてくれれば、自分はもとより、蘭子の立場もよくなるし、蘭子の産んだ英一を将来晴れて四代目鶴賀百貨店社長にすることも可能になるなどと暗示的なことが書かれていた。

「蘭子さんは聡明な人だったが、それでも恋は人を狂わせるものかも知れない。横山さんはむしろ、母親として我が子を日蔭者にしたくないという気持が犯行を思いつかせたのかも、といっていたが……」

六月になって最初の日曜日に、上杉信吾は長井美希子と二人、長井家の墓参に来ていた。

　この墓地からは、代々木公園がよく見渡せる。

「まだ、信じられないのよ、あの蘭子さんが三人もの殺人をやってのけたなんて……」

「彼女が取調べでいったそうだよ。自分でも信じられないと……」

　二十二日、パナマ運河をサンタクルーズ号が越えた午後に、殺人は実行された。

「社長夫人はその朝、モーニングティーと一緒に部屋へ運ばれた手紙を読みもしないで甲板へ出て行ったが、蘭子さんのほうは前夜にフロントで自分宛の手紙を受け取って読んでいたそうだ」

　関原英四のためにも、我が子英一のためにも、会長夫人と社長夫人を殺すしかないと考えた蘭子は、まず、駒沢昭彦に協力を頼んだ。

「一つは、佐知子さんが考えたように、殺人が行われている間、船室に誰も近づかないようにしたい……一番、用がありそうな佐知子さんを兄さんが足止めすること、もう一つは凶器の入手だったそうだ」

　駒沢昭彦はサンタクルーズ号の出発から牧野蘭子を認めて、彼女に接近した。

「最初はなつかしさから、蘭子さんは彼を毎夜、船室へ迎えたらしい」

　かつての恋人に迫(せま)られて、拒(こば)み切れなかったのだろうと上杉はいった。

「男のほうは夢中になる。何事も彼女のいうままだ。妹の佐知子さんに声をかけなかったのは、一つには蘭子さんとのことがそんな状態で、なんとなく照れくさい気持があったんだろうな」

蘭子の申し立てだと、昭彦は、蘭子が会長夫人と社長夫人に欺(だま)されて、関原英四の子を産む道具に使われたのだという嘘を真(ま)に受けて、二人に復讐したいという蘭子に協力したという。

「もっとも、蘭子さんが本当に二人の女を殺すとは思わず、ピストルやナイフで二人をおどかすというふうに解釈したらしいが……」

ともあれ、二十二日午後四時半、長井美希子が船室を去ってから、牧野蘭子は会長夫人の部屋へ睡眠薬入りのオレンジジュースを二つ運んで行った。

「二人の女はそれを飲み、会長夫人は夕食の身支度のために駒沢佐知子さんを呼ぼうと電話をしたが、これは兄さんが受話器をとって間違いだといった。で、蘭子さんが会長夫人のバスルームの支度をして、会長夫人を風呂へ入れる。社長夫人のほうは薬がきいてきて、ベッドでぼんやりしている所を、蘭子さんが殺した。とってかえして、バスルームで、こっちも薬がきいて、ぼっとしている会長夫人を同じようにナイフで刺す。君の上着は夢中で血を拭(ふ)くために使ったらしい。鍵をポケットに入れたのも、無意識にやったんだそうだ」

「それを、あなたが発見して、上着をかくし、鍵を持ち去ったわけね」

「考えてみれば、馬鹿な真似をしたもんだ」

「でも、嬉しいわ。あたしのために、罪をかぶるかも知れなかったのに……」

犯行は極めて単純なものであった。

「横山さんがいってたよ。浅野家の事情と、関原社長のプライバシイの調査から考えれば、犯人は誰かとすぐわかるのに、あの船には厄介な連中が何人も乗り込んでいて、捜査の邪魔になったって……」

美希子が首をすくめた。

「あたしは、あなたに出逢って人殺しなんて到底、怖くて出来ない女になってたけど、あなたは危なかったから……」

「殺せなかったよ。僕も……」

愛を知った人間に殺人は出来ないと上杉はいった。

「関原社長も取調べを受けているそうだ。殺人教唆というのかな」

仮に犯罪に関係はないと逃げ切れたにしても、すでに社会的には葬られたも同然であった。

「なにしろ、毎週、でかでかと書かれているし、犯罪がらみのスキャンダルだからね」

すでに、鶴賀百貨店からは追放されていたし、実家のスーパーYOUにしても、かばい切れないでいる。

「僕の気持は、もう片づいたよ」

「佐知子さんが、かわいそうだと思うわ」

折角、めぐり合った兄を、蘭子に殺された。

「蘭子さんも、三人目の殺人だけは後悔しているそうだ。何故、あんなことをしてしまったのかと泣いているらしい」

昭彦に、殺人を知られたのが怖かったのか、保身のためとはいいながら、昔の恋人にピストルを向けたことは、蘭子の神経をずたずたにしているようであった。

「子供さんは脳腫瘍で入院中だそうだし……お気の毒だわ」

「佐知子さんも恨み切れないといっていたよ」

「あたし、会長のお見舞に行ったの」

思い出したように、美希子がいった。

「昔のことは忘れますっていいました。だから、私を遺産相続人にするなんてことはやめて下さいって……妹も同じ意見だったの」

胃癌の手術は成功して、今のところ、病人は元気がいいらしい。

「お金はないよりもあったほうがいいけど、ありすぎるのは怖いから……」

「僕には、財産なんてないけれども、結婚してくれるんだろうね」

上杉がそっといい、美希子が彼の肩に顔を寄せた。

「佐知子さんには悪いけれど、あたしにとっても、上杉さんはたった一人の人だもの」

「なんで、佐知子さんが出てくるんだよ」

「彼女も、上杉さんのこと、好きみたいだから……」

「よせよ、佐知子さんが怒るぞ」

サンタクルーズ号の暗い旅をふり切るように、上杉が笑った。

「僕たちにとって、冬の旅はもう終ったんだ」

代々木公園から、子供達の歓声が風に乗って聞えてくる。

東京の空も、その下に広がる公園の林の色も、初夏であった。

解説

伊東昌輝

この作品の著者が、初めて船でパナマ運河を越えたのは、昭和五十年（一九七五）の春のことだった。もっと正確にいえば四月十日の午前六時から午後二時ごろにかけてで、この間の約八時間の模様はこの本の中に要領よく描写されている。

小説では、鶴賀百貨店ロスアンゼルス支店の開店三周年記念に二万八千トンの豪華客船サンタクルーズ号をチャーターして、ロスアンゼルスからフロリダまでのパナマ運河クルーズとなっているが、実際に著者がモデルとしたのは、オランダ船籍のロッテルダム号三万八千トンによる八十七日間世界一周クルーズと銘打つものだった。

著者平岩弓枝は、このクルーズに三月二十一日横浜港から乗船し、途中、ハワイのホノルル、アメリカ西海岸のサンディエゴ、メキシコのサンルーカス岬、マンザニロ、アカプルコ、そしてパナマ運河、フロリダのローダーデイルと寄港して行き、最後のニューヨーク港の桟橋に着いたのが四月十五日だった。全部で二十五日間の船旅ということになる。

ロッテルダム号は乗客数が七百人、乗務員数六百人で、お客と船のクルーの数がほぼ同じだ。つまり一航海に要する人件費は莫大なものであり、こんなところにも船旅が他の乗物の旅行にくらべて割高になる原因がある。

人件費を節約するためか、サービス部門を担当するクルーはほとんどがインドネシア人で、白人は船長はじめ主要なポストだけを押えていたようだ。

乗客のほとんどはアメリカ人で、そのほかはドイツ、イギリス、オランダなどヨーロッパ系の人々が一割程度、日本人は横浜で九名乗船したがニューヨークまで行ったのは結局著者夫婦だけだった。

したがって船内での会話は英語が主で、放送もパンフレットも連絡事項等もすべてが英語を使用していた。

平岩が初めて海外に旅行したのは、たしか昭和三十九年（一九六四）のことで、それ以来毎年のように国外に出ていたが、このクルーズのように約一か月間も家を留守にし、外国人たちと生活を共にしたのは初めてだった。

費用も一日当り三万円くらいかかったようで、これは当時の物価からしても決して廉（やす）いものではなかった。本書の中でも、豪華客船によるクルーズの贅沢さと高価なことが強調されているが、この時も上の方の特別室などは一航海で一千万円以上の値段とのことだった。

船というのは客室の等級に大きな隔りがあり、その差はまるで天国と地獄ほど違っているといわれているが、彼女は最初、機関室の真上の部屋を割当てられ、機械の騒音と熱気と揺れに悩まされた。思いきって部屋を変えてもらったところ、激しい船酔いもおさまり、その後は快適な旅を続けることができた。

この航海で彼女が最も印象深かったことは、横浜港を出航してすぐ始まったこの船酔いと、船内で催された仮装大会に自分も含めた日本人グループが優勝したこと、それにパナマ運河を通過したことだった。これらのことは、翌昭和五十一年七月に発表した「パナマ運河にて」（別冊小説新潮）に詳しく述べられている。

とにかく、四十組ほどの外国人出場者の中で見事に優勝したのだから大したものである。仮装のテーマは結婚式で、平岩弓枝が演出兼プロデューサー、花婿が作家の阿川弘之さん、花嫁にはアメリカ人としても大柄なミセス・ジュッセンというおばさんを借りてきて、日本人たちはそれぞれ神主、巫女（みこ）、仲人（なこうど）などに扮（ふん）し、舞台ではちょっとしたコントを演じたのだが、これが観客に大受けで暫くは拍手が鳴りやまなかった。

ちなみに優勝の賞品はロッテルダム号とそのクルーズの名称、期間などを彫りこんだ銀の飾り皿と上等なシャンペン五本だった。

しかし賞品もさることながら、この優勝で船内の少数派日本人はすっかり人気者となり、その後のクルーズを予想以上に楽しいものにしてくれた。

また、パナマ運河のことだが、平岩弓枝がこの運河にこだわり続けた理由の一つに、小学校の頃の国語の教科書のことを挙げねばなるまい。というのは、当時は読本（どくほん）といった国語の教科書に、このパナマ運河のことが出ていたのだ。たぶん小学校、いやその頃は国民学校といったが、五年生か六年生のときに、運河の建設にまつわる苦労やその仕組みにかんするかなり長い記事が載っていた。

何万トンという巨大な船が、大西洋から太平洋に、あるいはその逆に水の階段を昇降しながら通過して行くというのは、本を読んだだけではもう一つ納得できないものがある。どうしても一度、自分の目でそれを確かめてみたいという気持が起こるのは当然だ。

おそらく、機会があったらパナマ運河を実見してみたいという思いが、子供のころからずっと平岩弓枝の胸の中に畳みこまれていたに違いない。

ロッテルダム号に乗ったこの年、昭和五十年は短篇小説十一本、新聞連載小説一本、連続テレビドラマ三本、舞台脚本二本という過密スケジュールで、その中から一か月の休暇をとるというのはまことに至難のわざだった。

とくにテレビドラマは脚本が遅れると番組に穴があくので、絶対に予定の日にちまでに原稿を書き上げなければならない。

彼女はこの航海で、船が港に着くたびに原稿を現地の日本人に托して日本に送りかえしてもらうつもりだった。こうしたことは、なにもこの時が初めてではなく、それまでにもパリやロンドンなどから何度も発送していたことだった。

ところが、前にも述べたように、出港早々に激しい船酔いに悩まされ、原稿を書くどころではなくなってしまったのだ。食事も咽喉を通らないし、吐気をこらえて一日中ベッドに横になっている始末だった。最初の寄港地ホノルルは次第に近づいてくるというのに、原稿は一枚も書けていなかった。さらにまずいことに、仮装大会への出場が決まり、丸一日がふいになることもはっきりした。

この時点で、平岩は半ばパナマ運河への航海を断念した。とにかくテレビ番組に穴をあけないことが先決だった。多くのスタッフに迷惑をかけることは絶対に避けなければならない。次のホノルルで下船し、ホテルで原稿を書き上げて、それを持って日本へ帰る。残念ではあるが、これ以外に方法はなかった。

こう秘かに心を決めると、案外気持が落着いてきて、それまで上の空だった仮装大会の方に熱中することができた。結果は見事優勝である。

すると不思議なことに、その翌日から、あんなに荒れていた波もおさまり、部屋を変ったことや優勝で気がまぎれたこともあって、ぴたりと船酔いがおさまった。ホノルル港へ到着する僅(わず)か一日前のことだった。

しかし、速筆で名高い彼女のことなので、予定の仕事を片付けるのに一日あれば充分だった。無事、脚本を書き上げ、そのまま船の旅を続けることができた。もしこの時、船酔いがおさまらず、ホノルルで下船するようなことになっていたら、この作品「パナマ運河の殺人」も当然のことながら、この世に誕生しなかったはずだ。

ところで、この作品は昭和六十二年（一九八七）月刊カドカワの一月号から十二月号にかけて連載されたが、モデルとなったロッテルダム号のクルーズから十二年の歳月を経ている。最初はすぐにでもパナマ運河や船旅を背景にした小説を書くつもりだったらしいが、結果的には、思いがけずむずかしい題材だったようだ。

しかし、日をおいたことで、かえって材料そのものが作家の中でよく消化され、作品そのものを面白くしたのではないだろうか。

ともすれば、こうしたパナマ運河というような特殊な材料を背景とした小説は、その材料そのものに振り回されることが多く、肝腎のフィクションとしての面白さが出しきれないことが多いのだが、その辺はよく心得たもので、やはり作家として非凡なものがうかがえるのである。

一九八八年　角川書店刊
一九九一年　角川文庫刊
DTP制作　エヴリ・シンク

文春文庫

パナマ運河の殺人

定価はカバーに表示してあります

2025年4月10日　第1刷

著　者　平岩弓枝
発行者　大沼貴之
発行所　株式会社 文藝春秋

東京都千代田区紀尾井町3-23　〒102-8008
TEL 03・3265・1211(代)
文藝春秋ホームページ　https://www.bunshun.co.jp

落丁、乱丁本は、お手数ですが小社製作部宛お送り下さい。送料小社負担でお取替致します。

印刷・TOPPANクロレ　製本・加藤製本

Printed in Japan
ISBN978-4-16-792358-7

文春文庫　平岩弓枝の本

（　）内は解説者。品切の節はご容赦下さい。

平岩弓枝
浮かれ黄蝶
御宿かわせみ34

麻生家に通う途中で見かけた新内流しの娘の視線に、思惑を量りかねる麻太郎だが……。表題作ほか、「捨てられた娘」「清水屋の人々」など「江戸のかわせみ」の掉尾を飾る全八篇。

ひ-1-234

平岩弓枝
新・御宿かわせみ

時は移り明治の初年。幕末の混乱は「かわせみ」にも降り懸かる。次代を背負う若者たちは悲しみを胸に抱えながらも、激動の時代を確かに歩み出す。大河小説第二部、堂々のスタート。

ひ-1-235

平岩弓枝
華族夫人の忘れもの
新・御宿かわせみ2

「かわせみ」に逗留する華族夫人の蝶子は、思いのほか気さくな人柄。しかし、常客の案内で、築地居留地で賭事に興じて、るいの留守を預かる千春を心配させる。表題作ほか全六篇を収録。

ひ-1-236

平岩弓枝
花世の立春
新・御宿かわせみ3

「立春に結婚しましょう」——七日後に急に祝言を上げる決意をした花世と源太郎はてんてこ舞いだが、周囲の温かな支援で無事祝言を上げる。若き二人の門出を描く表題作ほか六篇。

ひ-1-237

平岩弓枝
蘭陵王の恋
新・御宿かわせみ4

麻太郎の留学時代の友人・清野凜太郎登場！　凜太郎は御所に仕える楽人であった。凜太郎と千春は互いに思いを募らせていく。表題作ほか「麻太郎の友人」「姨捨山幻想」など全七篇。

ひ-1-238

平岩弓枝
千春の婚礼
新・御宿かわせみ5

婚礼の日の朝、千春の頰を伝う涙の理由を兄・麻太郎は摑みかねていた。表題作ほか、「宇治川屋の姉妹」「とりかえばや診療所」「殿様は色好み」「新しい旅立ち」の全五篇を収録。

ひ-1-239